Allgemein anerkannte Wahrheiten über Pom-Poms

Cheerleading mit Stolz und Vorurteil

Danksagung

Allgemein anerkannte Wahrheiten über Pom-Poms ist nach *Cheerleader Valley* mein zweiter Ausflug in die Welt des Cheerleadings. Inklusive Planung habe ich etwas mehr als zwölf Monate an dem Roman gearbeitet. Alleine hätte ich das niemals geschafft.

Deshalb möchte ich mich bei meiner Frau **Annette** und bei meiner Tochter **Elisabeth** für die liebevolle Unterstützung meiner Autorentätigkeit bedanken; und bei **Tony Scully**, mit dem ich seit Jahrzehnten so viele Ideen austauschen kann und der mir bei der Namensgebung von Herrn Wilhelmson und einem weiteren Überraschungsgast geholfen hat.

Edgar Achenbach

Allgemein anerkannte Wahrheiten über Pom-Poms

Cheerleading mit Stolz und Vorurteil

Bibliografische Information der Deutschen Nationalbibliothek:
Die Deutsche Nationalbibliothek verzeichnet diese Publikation in
der Deutschen Nationalbibliografie; detaillierte bibliografische
Daten sind im Internet über dnb.dnb.de abrufbar.

Cover: Edgar Achenbach

Für das Cover verwendete Grafiken:

Cheerleaders
© blueringmedia – Fotolia.com (Bild Nr. 71252149)

Cheerleader character design - vector
© angkritth – Fotolia.com (Bild Nr. 138940390)

Jumping cheerleader girl isolated on white
© Jana Guothova - Mostphotos.com (Bild Nr. 3267392)

Coffee cups in six different colors
© blueringmedia – stock.adobe.com (Bild Nr. 93165915)

Zusätzlich im Text verwendete Fonts:

»Annie Use Your Telescope«, »Neatly Printed« & »Love Somebody«
© Kimberly Geswein Fonts - www.Fontspring.com

Herstellung und Verlag: BoD - Books on Demand, Norderstedt

ISBN 978-3-7494-8061-6

Für die beiden Polarsterne Petra Marina Hammer und
Joy Schröder

ANSICHTSSACHE

····

Es ist eine allgemein anerkannte Wahrheit, dass eine Cheerleaderin, die im Besitz von zwei schönen Pom-Poms ist, sich über etwas nette Beachtung freut. Und es ist ebenso wahr, dass Ihr diesen Satz jetzt so oder so lesen könnt. Was ja auch okay ist. Vollkommen okay. Ganz ehrlich, denn um genau diese beiden Dinge (also um Pom-Poms und um Pom-Poms) geht es nun einmal in meiner Geschichte, die am Morgen des 22. Juli 2019 in der Anwaltskanzlei Rosings & von der Burgh ihren turbulenten Anfang nahm...

Klare Prioritäten

....

»Isabell«, sagte Carl von der Burgh mit einer Vertrautheit zu mir, die ich besser nicht erwidern sollte. Aber das war wirklich okay, denn die Hierarchie war klar geregelt. Ich, Isabell Bennede, aufstrebende und im Moment echt glückliche Jurastudentin im sechsten Semester, befand mich tatsächlich im großen Besprechungsraum der renommierten Frankfurter Anwaltskanzlei Rosings & von der Burgh (yep, *die* Rosings & von der Burgh), um die ersten Details meines zehnwöchigen Praktikums zu besprechen. Eines Praktikums, für das ich sogar bezahlt werden sollte!

Was mich dabei besonders freute, war, dass ich nicht von irgendeinem Angestellten oder einem Juniorpartner empfangen wurde. Nein! Sowohl Carl von der Burgh als auch Judith Rosings, die beiden Gründer und alleinigen Besitzer der Kanzlei, nahmen sich die Zeit, mich an meinem ersten Morgen zu begrüßen.

»Ja, wie ich bereits bei Ihrem Vorstellungsgespräch gesagt hatte«, machte Carl von der Burgh weiter, »haben Sie bisher wirklich eine ganz hervorragende Studienkarriere hingelegt. Ihre Scheine des sechsten Semesters bilden da keine Ausnahme: Durchgängig ein A in den Kernkompetenzen, hier und da ein B und ein nicht zu verachtendes Portfolio an Kursen, in denen Sie Ihre Soft Skills auf Vordermann gebracht haben. Da verzeihen wir Ihnen sogar Ihr D+ im Wirtschaftskurs. Nicht Ihr Ding, oder?«

»Nein. Nicht wirklich. Auf eine Excel-Tabelle zu starren und Numbercrunching zu machen, das liegt mir nicht. Das ist meine talentfreie Zone, aber da stehe ich auch ganz offen zu.«

Carl von der Burgh lächelte mich an und ich hatte dabei den Eindruck, einen Hauch von mitfühlender Sympathie in seinen Gesichtszügen erkennen zu können – oder vielleicht auch einfach nur Mitleid, weil ich eben ehrlich gewesen war und ihn nicht angelogen hatte.

»Solch eine Tätigkeit steht ja glücklicherweise nicht zur Diskussion. Aber lassen Sie mich doch noch einmal sehen, was Sie stattdessen für uns tun können«, murmelte Carl von der Burgh und tat dabei für einen Augenblick lang wirklich so, als ob er noch einmal die Details nachlesen würde, die wir in meinem Vorstellungsgespräch vor ein paar Wochen besprochen hatten. »Ja, genau. Wir hatten vereinbart, dass eine Ihrer Hauptaufgaben darin bestehen wird, für ausgewählte Fälle Projektrecherchen durchzuführen. Ein weiterer Schwerpunkt soll dann das Schreiben von Zwischenberichten und das Halten von Statuspräsentationen vor unseren Klienten sein. Sie wissen, was da auf Sie zukommt?«

»Natürlich. Ich informiere unsere Klienten darüber, wie weit wir bisher gekommen sind. Wo wir stehen und was es noch zu tun gibt. Wo die Chancen und wo die Risiken liegen.«

»Und?«

»Und ich spreche sie gegebenenfalls auch darauf an, dass es nicht wirklich sinnvoll ist, weiterzumachen und dass man sich vielleicht Gedanken über einen kontrollierten Rückzug machen sollte.«

»Trauen Sie sich das wirklich zu?«

»Ja. Das tue ich. Ich werde Sie nicht enttäuschen.«

»Daran haben Judith und ich keinerlei Zweifel. Und da Sie grünes Licht bekommen haben, können wir Sie auch an den meisten unserer Projekte beteiligen. Das macht alles noch einmal viel einfacher.«

Mit 'grünes Licht' spielte Carl von der Burgh wahrscheinlich auf die Sicherheitsüberprüfung an, die ich für das Praktikum durchlaufen musste. Die Kanzlei Rosings & von der Burgh arbeitet nämlich auch für sensible Regierungskunden. Denen reicht ein einfaches Führungszeugnis in der Regel nicht aus. Aber auch diesen Check hatte ich bestanden. Ich war vorbereitet. Ich hatte an alles gedacht. Ich war einfach nur noch happy und gut gelaunt. Ein kleiner Traum von mir war gerade dabei, in Erfüllung zu gehen.

Nur machte Carl von der Burgh dann eine Pause. Und zwar ganz genau diese Art von Pause, die man macht, bevor man sein Gegenüber mit einem 'aber' konfrontiert.

»Judith und ich möchten Ihnen aber eine kleine Erweiterung des Besprochenen vorschlagen«, sagte Carl von der Burgh. Er sprach dabei so gelassen, dass es sich fast schon wieder gruselig anhörte. Nach einer weiteren Fünf-Sekunden-Pause drückte er schließlich einen Knopf auf der Freisprechanlage, die vor ihm auf dem Besprechungstisch stand. »Fräulein Hütte. Sie können jetzt zu uns stoßen.«

Eine Seitentür öffnete sich und sie kam herein. Nein, nicht die Seitentür. Die Blondine. Sie war dem Barbiebuch der Lara Croft entsprungen: Groß, schlank, flirty und mit einem sexy Ausschnitt, der im Bereich des gerade noch Jugendfreien voller Stolz präsentierte, was sie so zu bieten hatte. Schritt für Schritt wippte das alles auf uns zu.

Ich überlegte kurz. Ja, ich kannte die junge Frau. Ich hatte sie im letzten Jahr ein paar Mal aus den Hörsälen unseres Fachbereichs kommen sehen. Demnach hatte sie wohl gerade ihr zweites Semester abgeschlossen.

Okay, dachte ich. Also würde die von Carl von der Burgh verkündete 'Erweiterung des Besprochenen' wohl darin bestehen, Babysitter für die gut ausgestattete Frau Hütte zu spielen. Vielleicht ein ganz kleines bisschen nervig, aber letzten Endes doch richtig gut. Denn wenn Carl von der Burgh mich bat, eine frische Kollegin zu betreuen, dann war das doch gleich ein unglaublicher Vertrauensvorschuss. Man gab mir gleich an meinem ersten Tag Personalverantwortung. Na ja, sozusagen.

Und das hörte sich ja auch wirklich alles ganz super an, nur … nur sagte mir auf einmal mein Verstand, dass Carl von der Burgh vielleicht doch etwas ganz anderes plante. Dass ich bisher lediglich den Blitz gesehen hatte, mir das Donnern aber noch bevorstand.

»Was genau würde diese 'Erweiterung des Besprochenen' denn beinhalten?«, fragte ich also und machte mich auf den Einschlag gefasst.

»Es freut uns, dass Sie so aufgeschlossen sind«, lächelte mich Carl von der Burgh mit ansteigendem Gruselfaktor an. »Judith und ich haben uns nämlich überlegt, dass die Durchführung der eigentlichen Kundenpräsentationen dann doch besser von Fräulein Hütte übernommen werden sollte. Wir finden nämlich, dass Fräulein Hütte unsere Kanzlei besser nach außen hin repräsentieren kann. Ihre erweiterte Aufgabe, Isabell, wird es nun sein, Fräulein Hütte zu assistieren.«

»Zu assistieren?«

»Ja. Sie werden die Präsentationen für Fräulein Hütte erstellen und auch die Berichte, die Fräulein Hütte im Laufe der kommenden Wochen mit unseren Klienten abstimmt, im Entwurf tippen und anschließend korrekt in die finale Form bringen. Leider können Sie dabei nicht namentlich genannt werden und auch nicht persönlich in Erscheinung treten. Das würde nur alle verwirren. Aber die Verantwortung, alles prompt zu erledigen und jederzeit bereitzustehen, die werden wir Ihnen natürlich nicht nehmen. Das ist doch wirklich ein wunderschöner Kompromiss.«

»Aber das würde ja bedeuten, dass ich letzten Endes nicht mehr mit Ihren Klienten in Kontakt treten darf und…«

»Das mag sein, Isabell«, unterbrach mich Carl von der Burgh leicht gereizt, »aber Judith und ich denken nun einmal, dass Sie eher auf der Seitenlinie tätig sein sollten und dass Sie sich dabei natürlich auch noch um die eine oder andere Spezialaufgabe kümmern werden.«

»Spezialaufgabe. Was…?«, begann ich Carl von der Burgh zu fragen; aber als sein Blick zwischen den Kaffeetassen auf dem Tisch und der Kaffeekanne im Wandregal hin- und herhuschte, da verstand ich, welche spezielle Rolle er noch für mich vorgesehen hatte.

Okay. Gedanken sortieren. Argumente sammeln. Zeit gewinnen, dachte ich und schaute zu Judith Rosings. Sie strahlte zwar eine absolute Aura der Präsenz und der akribischen Kontrolle aus – und sie war garantiert auch jeder Silbe unseres Gesprächs gefolgt – aber sie hatte bisher außer dem generischen Smalltalk bei der Begrüßung noch kein einziges Wort mit mir gewechselt. In das Geschäftliche hatte sie sich nicht eingemischt. Das war schräg. Denn auf der einen Seite kam es mir so vor, dass ihr die freizügige Nummer, die Carl von der Burgh hier gerade abzog, wirklich nicht passte. Aber auf der anderen Seite ließ der Blick, den sie mir zuwarf, keinen Zweifel daran aufkommen, dass sie die Agenda dennoch mittrug und dass ich von ihr keinerlei Unterstützung zu erwarten hatte, weil … keine Ahnung … weil ich das Gefühl nicht loswurde, dass sich da irgend eine Geschichte tief verborgen unter Judith Rosings Eisberg versteckte. Etwas in ihr fand das, was mir hier gerade aufgetischt wurde, mehr als nur gerecht.

»Hey Isabell«, sprach mich schließlich Fräulein Hütte an. »Ich bin Lydia. Ich kann dir gar nicht sagen, wie sehr ich mich darauf freue, mit dir zusammenzuarbeiten. Deinen Namen hab ich schon ein paar Mal gehört. Du sollst ja echt eine vom Kaliber der Lichtner sein. Voll der Hammer! Das mit uns beiden, das wird so was von klappen. Vielleicht bekommen wir ja auch diese coolen Knöpfe, die man sich ins Ohr stecken kann. Du weißt schon. Die aus den Agentenfilmen. Dann kannst du mir nämlich aus dem Nebenzimmer zuflüstern, wenn ich bei den Präsentationen mal in der Patsche stecke. Ich weiß nämlich oft nicht so genau, worum's geht. Soll aber keiner wissen. Bleibt alles unter uns Schwestern«, giggelte Lydia vor sich hin.

Okay. Das reichte. Mir jedenfalls. Und die meisten Chefs mit Sachverstand hätten sich nach Lydias Ausführungen noch einmal sehr genau überlegt, wer von uns beiden besser den Kaffee kochen sollte. Aber Carl von der Burgh grinste nur vor sich hin. Anscheinend fand er das alles ziemlich witzig. Ha! Ha!

Aber bevor ich euch erzähle, wie das alles ausgegangen ist, möchte ich noch eine Sache klarstellen. Lydia machte ich keinen Vorwurf. Sie schien zwar nicht gerade die Hellste zu sein und sie konnte unter Garantie auch einiges an Chaos produzieren, aber für bösartig oder gar intrigant hielt ich sie wirklich nicht. Die Idee, die Aufgabenverteilung neu zu arrangieren, die war ohne jeden Zweifel auf dem Mist von Carl von der Burgh gewachsen.

»Vielen Dank für Ihr Vertrauen, Herr von der Burgh«, sagte ich schließlich und versuchte dabei, so diplomatisch wie möglich zu klingen. »Ja, auch ich bin mir sicher, dass Lydia und ich die kommenden zehn Wochen sehr gut miteinander auskommen und voneinander profitieren werden. Nur ist diese … nur ist diese Tätigkeit, die Sie jetzt für mich im Sinn haben, nicht so ganz die Aufgabe, die ich mir vorgestellt hatte. Ich meine, klar. Nicht alles spielt sich im Vordergrund ab. Viele wichtige Arbeiten müssen auch im Hintergrund erledigt werden. Aber die können wir uns doch teilen. Lydia und ich recherchieren und präsentieren gemeinsam. Als Team. Das wä–«

»Hören Sie, Isabell«, unterbrach mich Carl von der Burgh scharf. »Die Entscheidung, wen wir in unserer Kanzlei mit welchen Aufgaben betrauen, die obliegt ganz alleine Judith und mir. Da muss ich Sie bitten, dass Sie mit Ihrer im Moment vielleicht gerade noch zu entschuldigenden Naivität nicht meine Autorität infrage stellen. Also, um es noch einmal ganz klar und ganz deutlich zu sagen. Wir verhandeln hier nicht über die Verteilung der Aufgaben. Wir teilen sie Ihnen mit. Und im Rahmen dieses Praktikums wird ausschließlich Fräulein Hütte unsere Kanzlei repräsentieren und den direkten Kontakt mit unseren Klienten pflegen. Sie hingegen sind nun einmal viel besser anderweitig aufgehoben, aber…«

»…aber Sie würden meine kurzfristige Kündigung akzeptieren?«, fragte ich schließlich, nachdem mich Carl von der

Burgh für 10 Sekunden schweigend und mit der fragenden Erwartung einer trapsenden Nachtigall angesehen hatte.

»Wir würden dies natürlich bedauern, aber wenn es Ihr Wille ist«, antwortete Carl von der Burgh und holte ein hell marmoriertes Blatt mit dem Briefkopf der Kanzlei aus meiner Akte. Noch war es leer. Und noch war Carl von der Burgh nicht fertig. »Wir können den Auflösungsvertrag innerhalb weniger Minuten aufsetzen. Bis Sie sich unten am Empfang wieder ausgecheckt haben, haben wir ihn ausgedruckt und Sie können ihn auch gleich dort unterschreiben. Damit wäre die Sache für sie erledigt. Wir sind nicht nachtragend und wir werden nicht auf Vertragserfüllung bestehen oder Schadensersatz einfordern. Sie haben mein Wort. Reisende soll man nicht aufhalten«, beendete Carl von der Burgh schließlich die Besprechung und zeigte zur Tür.

VORURTEIL

....

Der Zeiger auf dem Display meiner inneren Emotionsskala raste wild pendelnd hin und her. Ich war sauer, ich war beleidigt, mir war zum Heulen zumute.

Auf der einen Seite wusste ich, dass ich richtig gehandelt hatte. Carl von der Burgh wollte die Versprechen, die er mir im Vorstellungsgespräch gemacht hatte, nicht einhalten. Er wollte mich abschieben. Mit einer Aushilfstätigkeit abspeisen, die mich in meinem Studium nicht weitergebracht hätte. Und das Tempo, mit dem meine Kündigung akzeptiert und bearbeitet wurde, machte mir letzten Endes klar, dass es Carl von der Burgh mehr als nur recht gewesen war, dass ich das Praktikum dann doch nicht angetreten hatte.

Ich wusste aber auch, dass mir so etwas immer wieder passieren würde. Dass es immer wieder Leute, dass es immer wieder Männer und Frauen geben würde, die eine 1,57 m große Rechtsanwältin nicht ernst nehmen würden. Es würde immer wieder jemanden geben, der über mich hinwegsieht und mich lieber verborgen im Keller recherchieren lässt, als mir eine wirklich interessante und repräsentative Aufgabe anzuvertrauen. Damit musste ich mich abfinden, denn drei Dinge unterschieden mich nun einmal von den Lydias dieser Welt: a.) echtes Blond, b.) 20 cm Körpergröße und c.) die mir fehlende transparent-offengeknöpfte Präsentierfreudigkeit.

Nur half mir die Tatsache, dass ich mich nicht nur im Recht fühlte, sondern mich auch noch im Recht befand, nicht wirklich weiter, wenn es um meine Finanzen ging. Die sahen nämlich nicht rosig aus. Zusammen mit der Praktikantenstelle war auch das damit verbundene Gehalt weg; und das Geld hätte ich mehr als nur gut gebrauchen können. Denn ich näherte mich der Endphase meines Studiums. Da wurden das Studienmaterial und die benötigte Fachliteratur nicht billiger. Auch wurden die Studienarbeiten nicht kürzer, weshalb ein halbwegs flotter Ersatz für mein klapperndes und ächzendes Notebook dringend nötig gewesen wäre. Und auch wenn ich sie wirklich so unglaublich lieb hatte, würde ich zehn Wochen mit meiner esoterischen Mutter nicht aushalten.

Nein, mir war klar, dass ich mich nach einem neuen Job für die Semesterferien umsehen musste. Sofort! Ich beschloss deshalb, auf dem Rückweg noch einmal auf dem Campus der Rhein-Main-University vorbeizuschauen und mir die Aushänge für die angebotenen Ferienjobs anzusehen. Dass die besten unter Garantie bereits vergeben waren, daran hatte ich keinen Zweifel; aber die 400 Euro für ein anständiges Notebook und eine gute Reserve für das, was ich im kommenden Jahr so alles brauchen würde, das sollte schon drin sein. Also, wünscht mir Glück!

•••

Wow! Auf dem Campus der Rhein-Main-University war die Hölle los. Das kam nicht wirklich überraschend, denn ich hatte vergessen, dass heute ein allgemeiner Infotag stattfand, der für die durchgeführt wurde, die hier im kommenden Semester mit ihrem Studium beginnen wollten. Angeboten wurden unter anderem ein paar Schnupperkurse und einige der älteren Studenten stellten ihre AGs vor. So eine zu belegen, machte sich immer gut im Lebenslauf.

Trotz des leicht chaotischen Hin- und Hers stürzte ich mich erst einmal in das Gewusel, um mich auf den Weg zu den Schaukästen mit den Stellenangeboten zu machen. Aber nee, war nix. So richtig kam ich in dem Gedränge nicht voran. Ich beschloss also, wieder umzukehren und heute Abend noch einmal vorbeizuschauen, um mir die Aushangzettel dann in aller Ruhe anzusehen. Ich wohnte nur zehn Gehminuten von der Rhein-Main-University – von der RMU – entfernt. War also kein Problem.

»Hey, hast du dir schon überlegt, was für eine AG du belegen möchtest, wenn du hier anfängst?«, sprach mich eine junge, gut gelaunte Frau an und drückte mir einen Zettel in die Hand, auf dem ein herumhüpfendes Girlie mit kurzem Rock und zwei farbig wirbelnden Puscheln zu sehen war.

»Häh?«, fragte ich und schaute das Flyergirl an. Sie erinnerte mich etwas an Lydia: Groß, glattblond und … okay … und trotz ihrer Fröhlichkeit dann doch ganz stilvoll in ihrem Auftreten. Außerdem schien sie die benötigte Fingerfertigkeit zu besitzen, alle Knöpfe ihrer opaken Bluse zuzuknöpfen.

»Ja. Ich bin Caro-Marie. Ich studiere hier seit zwei Jahren Wirtschaft und bin dabei, eine Cheerleading-AG zu gründen. Also ein Cheerleadersquad aufzubauen. So nennen wir das. Hast du Lust, einzusteigen? Du würdest wirklich prima ins Team passen.«

»Echt jetzt? Wenn ich hier anfange? Wofür hältst du mich? Für einen Frischling? Bist du auch so eine auf Oberflächlichkeit gebuchte Tata, die mal kurz guckt und dann in die Schublade steckt?«, blaffte es aus mir heraus.

»Ich … ich war mir nicht sicher, ob du … ich dachte …«

»Ich habe gerade mein sechstes Semester abgeschlossen und komme ins siebte. Das sind drei volle Jahre«, giftete ich die Tussi an, ohne zu begreifen, dass mich das miese Verhalten von Carl von der Burgh dann doch deutlich mehr aus der emotionalen Bahn geworfen hatte, als ich es in diesem Moment zugeben wollte. »Außerdem habe ich echt so was von kein Interesse, mit irgendetwas anzufangen, bei dem du mit deinen Dingern wackeln und dummen Mist aus deppen Reimen lallen musst. Das Zeug dazu habe ich nämlich nicht. Ich bin nicht repräsentativ. Du kannst mich nicht vorzeigen. Das hat man mir heute schon einmal sehr deutlich gesagt. Also! Glaube mir! Ich würde dich nur enttäuschen. Und nötig habe ich so einen Dreck auch nicht. Ich habe nämlich einen verdammt guten Schnitt. Nur Wirtschaft finde ich echt so was von scheiße und … und weißt du was. Leck mich. Such dir eine Andere, die ihre Möpse braucht, um was aus ihrem Leben zu machen.«

Um meinen Worten Nachdruck zu verleihen, zerknüllte ich zum Abschluss noch so lautstark wie möglich den Infozettel, den mir diese Caro-Marie–Tussi in die Hand gedrückt hatte, und knallte ihn ihr mit einem 'Patsch' vor die Füße. Dann drehte ich mich um und war stolz, dass ich es dabei schaffte, meine mehr als schulterlangen schwarzen Haare abheben und cool im Wind wehen zu lassen. Yay!

Und das war es dann. *Mission: Kurzgeschlossen*. Denn Cheerleading? Nee! Niemals! Nicht mit mir. Die kann mich mal!

JANA

••••

»Mäuschen, es stand in den Sternen. Du bist so gut, dass du die ganze Arbeit bereits nach einer Stunde erledigt hast. Ich bin so stolz auf dich«, begrüßte mich meine Mutter, nachdem ich im Flur unserer kleinen 3-Zimmer-Wohnung meine Sommerjacke abgelegt hatte.

»Wir reden später drüber, okay«, antwortete ich, ging in mein Zimmer und schloss die Tür.

Jana war noch da. Sie saß auf ihrem Bett, lehnte mit dem Rücken an der Wand am Kopfkissenende ihres Betts und las ein Buch. Irgend so ein Vampirromanzending. Darauf stand sie. Na ja, zumindest kamen da keine Zombies drin vor.

»Was ist passiert?«, fragte sie sofort und legte ihr Buch zur Seite.

Ich warf mich auf mein Bett und die Ereignisse des Tages sprudelten nur so aus mir heraus. Erstaunlich detailliert. In allen Schattierungen. Aber auch von Minute zu Minute emotionaler.

»Du hast echt 'Leck mich' zu dem armen Mädchen gesagt?«, sagte Jana schließlich und schielte grinsend zu der Terminator-DVD, die in unserem Bücherregal stand.

»Na ja. Man braucht eben seine Rollenvorbilder«, antwortete ich. »Aber fair war das nicht. Sie hat's ja nur gut gemeint.«

»Es war aber auch nicht fair, was die heute in der Kanzlei mit dir abgezogen haben. Das da deine Emotionen durchbrennen, ist vollkommen normal.«

»Aber hätte ich vielleicht doch die Zähne zusammenbeißen und den Mist schlucken sollen? Vielleicht muss man während seines Studiums zumindest einmal durch so was durch. Härtet wahrscheinlich ab. Außerdem wollte Carl von der Burgh ja nicht, dass ich ein Sexvideo mit Lydia drehe.«

Jana schüttelte energisch den Kopf. »Nein. Du hast vollkommen richtig gehandelt. Hättest du dich darauf eingelassen, dann wärst du vom ersten Tag an das Küken gewesen, mit dem man so was machen kann. Und nach den Ferien hätte diese Lydia dann wahrscheinlich überall herumerzählt, dass sie so gut ist, dass sogar du ihr zugearbeitet hast. Das hätte dir geschadet. Und mache dir wegen der Cheerleaderin keinen Kopf. Ich bin mir sicher, dass es genug Erstsemester gibt, die so einen Fluff toll finden. Die hat ihr Team garantiert schon zusammen. Außerdem liegen die Hörsäle vom Fachbereich Wirtschaft am anderen Ende vom Campus. Der wirst du niemals wieder über den Weg laufen. Und falls doch, dann hat die dich garantiert schon wieder vergessen.«

»Du bist die Beste.«

»Du auch. Allerdings gibt es da einen Punkt, den wir wirklich noch angehen müssen. Du brauchst einen Job. So schnell wie möglich. Ich fange morgen mit meinem an und…«

»…und ja. Wenn ich alleine hierbleibe, dann muss ich meiner Mutter und ihren Freundinnen wahrscheinlich wieder beim Kaffeesatzlesen helfen. Du weißt, wie das das letzte Mal ausgegangen ist.«

Jana lachte, schaltete dann aber wieder auf sanften Aktionismus. »Hmm. Mal sehen. Wir haben jetzt 11:00 Uhr. Die Veranstaltung an der RMU geht offiziell bis 18:00 Uhr, aber da bleiben in der Regel nur ganz wenige bis zum Schluss. Wollen wir uns um 17:30 Uhr noch einmal zum Campus aufmachen?«

»Ja. Abgemacht«, antwortete ich.

Entdeckungen

....

»Hey. Schau mal. Das Niederfeld Café wurde wieder vermietet«, sagte Jana, als wir am frühen Abend in Richtung des Universitätscampus liefen.

Ich blickte zur Seite. Das war die erste richtig gute Nachricht des Tages, denn das Niederfeld Café war einmal ein echter Klassiker gewesen. Ein Treffpunkt, in den Studenten, Uni-Angestellte und auch Professoren immer wieder gerne gingen, um sich locker zu unterhalten oder um einfach nur in Ruhe den genialen und unglaublich fair bepreisten Kaffee genießen zu können.

Leider musste das Café vor einem Jahr schließen, weil dem 75 Jahre alten Besitzer die Arbeit zu anstrengend geworden war. Es stand seitdem leer, da es nur an jemanden vermietet werden sollte, der es mit der gewohnten Herzlichkeit weiterbetreiben würde. Vielleicht hat sich dieser jemand ja nun gefunden. Hmm, oder vielleicht brauchte der Besitzer jetzt auch einfach nur Geld. Aber egal, Jana und ich konnten der Versuchung nicht widerstehen, uns die Sache einmal genauer anzusehen. Wir liefen hin.

»Da hat aber jemand Speedworking gemacht«, sagte ich zu Jana, während wir durch das breite Fenster in das Innere des Cafés blickten. Die Inneneinrichtung war praktisch komplett ausgetauscht worden. Die Wände, Stühle und Tische waren jetzt in einem gleichzeitig klassisch und modern angehauchten anthrazitfarbenen Ton mit edlen mahagonifarbenen Verzierungen gehalten. Beleuchtet wurde alles durch Halogenstrahler, die in die Decke einmontiert waren und die ihr Licht über halbtransparente Reflektoren sanft nach unten gaben. Hinter der aufgepimpten Theke ließ ein getönter Spiegel den Raum noch einmal um einiges größer erscheinen und vor diesem Spiegel thronten gleich drei Espressomaschinen, deren Sensorbedienfelder pastellblau leuchteten. Passend dazu standen in den Holzregalen an der Seite ein paar Dutzend Pappschachteln, die mit einer Menge an exotischen und garantiert nicht im Discounter erhältlichen Kaffeesorten gefüllt waren. Ja. Das alles hatte was. Es war zwar anders und es war auch definitiv nicht mehr das Niederfeld Café, das wir kannten, aber wer auch immer es neu eingerichtet hatte, hatte dies mit Stil und mit einer echten Vision getan.

Wir wollten uns gerade wieder in Richtung Campus aufmachen, als ein südländisch aussehender Mann mit schwarzem Igelhaarschnitt und stolzem Schnurrbart einen A4-Zettel von innen an das Fenster heftete.

```
       Nette Aushilfen gesucht. Schaut doch
                einfach mal rein.
```

Der Mann bemerkte uns schließlich und ließ seinen Blick grinsend zwischen Jana, mir und dem Zettel hin und her wandern.

Ja, warum nicht, dachte ich. Nach einem kurzen Blickaustausch mit Jana nickte ich dem Mann zu, er hängte das Schild gleich wieder ab und öffnete uns die Tür.

»Willkommen. Kommt rein. Setzt euch«, sagte er und zeigte zur Theke. »Ich bin Giacomo di Giardiniere. Giacomo. Ist einfacher. Willkommen im Niederfeld Café. Hier gibt es zwar keinen blauen Papageien, aber ein Klavier haben wir; und natürlich den allerbesten Kaffee, den ihr in dieser Stadt finden werdet.«

Nachdem wir uns gesetzt hatten und Giacomo hinter die Theke gegangen war, brachte er uns nur eine Minute später zwei Cappuccino mit Milchschaum. Dass wir die trinken mussten, falls wir auch nur im Ansatz eine Chance auf den Job haben wollten, das war klar. Aber hey, die waren supergut!

»Also, wer seid ihr? Was macht ihr so?«, fragte uns Giacomo schließlich.

»Ich bin Isabell. Isabell Bennede. Ich studiere hier Jura an der Rhein-Main-University.«

»Also sollte ich dich besser einstellen, denn dann kannst du mir helfen, wenn ein Gast mal Probleme macht«, lachte Giacomo. »Aber keine Angst. Das wird nicht passieren. Wir haben niemals Probleme mit unseren Gästen. Das ist die Regel. Und du bist?«

»Jana Hecht. Ich studiere Architektur.«

»Besser geht's nicht. Dann kannst du mir helfen, es hier drinnen noch viel schöner zu machen. Ist gut fürs Trinkgeld. Aber das werdet ihr Mädchen gerecht unter euch aufteilen«, sagte Giacomo und blickte zu einer mit einem Smiley bemalten Spardose in Form einer Kaffeeschachtel, die am Rand der Theke stand. »Habt ihr beide Erfahrung im Bedienen?«

»Nein. Nicht wirklich«, antwortete ich.

»Aber wenn du bei Gericht bist, dann musst du doch auch immer viel herumlaufen und vielleicht auch mal mit der Faust auf den Tisch hauen, wenn sich einer danebenbenimmt.«

»Ja«, lachte ich.

»Dann bist du eingestellt«, antwortete Giacomo und schaute anschließend Jana an.

»Ich habe auch noch nicht bedient. Nicht direkt. Aber ich stand schon ein paar Mal beim Burger Baron hinter der Kasse und fange da auch morgen wieder an.«

»Bäh«, verzog Giacomo das Gesicht. »Der Kaffee ist nix und die Gäste, die da ab 20:00 Uhr reinkommen, die sind so … aber was erzähle ich dir? Du weißt sicher, wie die so sind. Nein. Mach das nicht! Meine Theke ist viel schöner und ihr passt hier gut rein. Das weiß ich. Ja! Wenn ihr wollt, könnt ihr morgen hier anfangen. Oder gleich. Dann kann ich nämlich heute Abend noch einkaufen gehen und ihr könnt mir danach beim Einräumen helfen.«

»Was genau wären denn alles unsere Aufgaben?«, fragte ich.

»Mal sehen. Ihr macht die Bedienung und den Kaffee, ihr schneidet den Kuchen und belegt die Sandwiches. Und ihr kassiert natürlich und helft mir abends beim Aufräumen«, antwortete Giacomo und sah uns noch einmal einladend an.

Lange überlegen musste ich nicht. Giacomo machte einen netten Eindruck und ich hatte das Gefühl, dass er hier wirklich etwas für sich und seine Gäste aufbauen wollte. Und dass mir jemand so schnell einen Job anbieten würde, daran hätte ich nicht einmal im Traum gedacht.

»Ja, gerne. Wir können auch gleich bleiben«, antwortete ich also und sah zu Jana. Ich wollte sie nicht drängen, aber sie war bereits dabei, ihr Smartphone aus ihrem kleinen Rucksack zu holen.

»Die beim Burger Baron haben Bürozeit bis 20:00 Uhr. Ich frage mal wegen der Kündigungsfristen.«

»Dann lasse ich euch kurz allein«, sagte Giacomo und ging nach hinten in einen Nebenraum.

●●●●

Als Giacomo fünf Minuten später wiederkam, war alles geklärt. Burger Baron nahm es mit den Kündigungsfristen nicht so genau. Außerdem hätten sie eine volle Warteliste und falls das für Jana okay sei, dann könne man auf den ganzen Papierkram auch verzichten und alles sei für sie erledigt. Jana sah mich noch einmal an und ich nickte. Schon schräg, dass ich an diesem Abend einer Hamburgerkette mehr vertraute als einer renommierten Anwaltskanzlei.

Das war es also. Damit hatten Jana und ich einen Ferienjob. Mein neues Notebook rückte in greifbare Nähe.

»Alles geregelt?«, fragte uns Giacomo schließlich. »Ich kann einkaufen gehen?«

»Ja. Alles klar«, antwortete ich.

»Bei mir auch. Ach so, darf ich fragen, ob du Italiener bist?«, fragte Jana.

»Zur Hälfte. Meine Mutter ist Italienerin und mein Vater Kubaner. Ich habe sie beide lieb. Also habe ich zwei Pässe, aber auch gleich zwei ganz schlimme Laster«, antwortete Giacomo und blickte zu einem Regal neben der Theke. Drin standen zwei Kisten Zigarren und zwei Flaschen Chianti. Schließlich drehte er sich gut gelaunt zur Seite. »Caro-Marie. Kommst du?«, rief er nach hinten. »Dann kann ich dir deine neuen Kolleginnen vorstellen und du kannst ihnen zeigen, was wir hier so machen. Ihr werdet euch gut verstehen.«

»Ich komme gleich.«

»Das Einarbeiten macht Caro-Marie. Sie ist super. Hat erst vor einer Woche bei mir angefangen, aber das ist nicht ihr erster Job in einem Café. Bei ihr muss ich mich um nichts kümmern. Nur aufpassen, dass sie nicht noch mein Boss wird. Sie kann nämlich alles: Anleiten. Führen. Sagen, wo es langgeht. Das Mädchen hat echten Spirit«, schwärmte Giacomo.

Dann betrat Caro-Marie den Raum. Und während Giacomo uns vorstellte, zerknüllte er den 'Nette Aushilfen gesucht'-Zettel demonstrativ und laut knisternd mit seiner rechten Hand und warf in gut gelaunt direkt über Caro-Maries Kopf hinweg nach hinten in den Papierkorb.

Zwar wusste ich in diesem Moment nicht, ob ich lachen oder weinen sollte, aber dass Jana und ich den Job im Niederfeld Café schon wieder los waren, das stand fest. Caro-Marie war die Cheerleaderin, die heute Morgen die Frontalladung meiner schlechten Laune abbekommen hatte.

Sie war das Mädchen, das ich so mies beleidigt hatte.

SPIRIT

••••

Während Giacomo das Café verließ, nahm Caro-Marie wortlos eine Flasche Orangensaft und drei Gläser in die Hand und zeigte zu einem Tisch am Fenster. Wir gingen hin und setzten uns. Dann sah Caro-Marie mich an. Nicht wirklich böse. Eher mit einladender Herausforderung.

»Was muss einem netten Mädchen wir dir passieren, dass es so austickt?«, fragte Caro-Marie schließlich.

Jetzt durfte ich keinen Fehler machen. Caro-Marie würde mich gleich genussvoll vor die Tür setzen, und ich würde es ihr nicht übel nehmen. Aber ich musste dafür sorgen, dass Jana ihren Job behielt. Ich hatte wenigstens meine Mutter, die mich mit ihren bescheidenen Mitteln so gut unterstütze, wie es ging. Aber Janas Eltern hatten ihr praktisch jede Zuwendung verweigert, nachdem sie die ihr befohlene Banklehre abgebrochen hatte, weil sie sich ihren Traum erfüllen wollte, Architektin zu werden. Nein, Jana durfte meinetwegen nicht unter die Räder kommen. Also beschloss ich, das einzig Richtige zu tun, und blieb bei der Wahrheit.

••••

»Wow. Was für ein Arschloch«, sagte Caro-Marie, nachdem ich mit meiner Erzählung fertig war.

»Caro-Marie?«, fragte ich vorsichtig, weil ich mir nicht so ganz sicher war, ob sie eben wirklich Carl von der Burgh oder vielleicht doch eher mich gemeint hatte. »Dass du mich hier nicht haben willst, das ist klar. Das ist okay. Aber es wäre super, wenn Jana den

Job behalten und du sie auch einarbeiten könntest. Sie hat nämlich gerade meinetwegen beim Burger Baron gekündigt und…«

»Nein. Quatsch. Ihr könnt beide hier anfangen, wenn ihr das möchtet. Ich stehe euch da nicht im Weg. Außerdem ist es doch super, dass du hier bist. Ich habe mich nämlich schon den ganzen Tag über gefragt, wer dir heute Morgen so übel mitgespielt hat. Die verlaufene Tusche unter deinen Augen war nicht zu übersehen. Ich hatte allerdings erst einmal auf einen Kerl getippt.«

»Danke, Caro-Marie. Wirklich.«

Jetzt lächelte Caro-Marie. »Ich möchte euch nur bitten, immer ehrlich zu Giacomo zu sein. Er ist zwar ein bisschen verrückt und leider auch viel zu gutmütig, aber er ist ein sehr angenehmer Chef. Das weiß ich, auch wenn ich ihn erst seit einer Woche kenne. Er ist voller Enthusiasmus. Er will hier etwas wirklich ganz Besonderes aufbauen. Kein Schicki-Micki mit viel teuer. Giacomo will den Geist des Niederfeld Cafés wieder aufleben lassen. Außerdem kenne ich wirklich alle Vorurteile, die die Leute so gegen Cheerleading haben. Da war deine Wortwahl heute Morgen gerade mal Durchschnitt. Ich habe bereits viel Härteres gehört. Und das in drei Sprachen.«

»In drei Sprachen?«

»Ja. Ich bin zwei, oder besser gesagt gleich dreisprachig aufgewachsen. Meine Mutter ist Deutsche und mein Vater Kanadier. Beide arbeiten im diplomatischen Dienst im Botschaftsumfeld. Ich habe deshalb die drei Jahre vor meinem Wirtschaftsstudium in Kanada gelebt und dort auch meinen High-School-Abschluss gemacht. In dieser Zeit habe ich mit Cheerleading angefangen. Das war so unbeschreiblich. So berauschend. Es hat mich sofort gepackt. Wir haben alle hart an den Moves und dem Timing gearbeitet, und bei den Spielen alles gegeben. Das Wetter war uns egal und das Miteinander fantastisch. Und auch wenn es mal so richtig gekracht hat, dann wusstest du trotzdem, dass dich deine Kameradinnen immer wieder sicher auffangen werden. Wir haben niemals jemanden fallengelassen, denn das Squad war unser Leben. Wir haben es zusammengehalten, so wie es uns zusammengehalten hat. Das alles vermisse ich sehr…«

Jetzt zögerte Caro-Marie für einen Moment und ich ahnte, dass gleich noch mehr kommen würde. Etwas sehr, sehr Persönliches.

»Ich … ich bin Ende der Mittelstufe an Kinderlähmung erkrankt und habe alles durchgemacht. Schmerzen, Verzweiflung und eine unbeschreibliche Angst. Nach einer Weile schlug die Therapie an und es ging mir langsam wieder besser. Die Beweglichkeit kam zurück, aber ich musste etwas tun, um sie zu erhalten. Trotz meiner Probleme hat mich das Cheerleadingsquad aufgenommen. Unser Captain, Crissy, war super. Wir hatten gleich zu Beginn besprochen, dass ich keine Stunts machen durfte. Das wäre verantwortungslos gewesen. Also habe ich mich in den Choreos – in den Choreografien – auf Dance spezialisiert. Und das hat dann drei Jahre lang mein Leben bestimmt. Jeder Takt. Jeder Beat. Wir haben alles gemeinsam gemacht. Und jetzt ist es mein Traum, wieder damit anzufangen.«

»Aber die RMU hat kein Cheerleading im Programm, oder?«

»Nein, hat sie nicht. In Deutschland fördern wir Sport nicht mit der Selbstverständlichkeit, mit der es in Kanada gemacht wird. Und wenn ich dann auch noch mit Cheerleading komme, dann denken die meisten Leute ohnehin nur an das Klischee der dummen Blondinen im nassen Bikini. Aber so ist das nicht. Wirklich nicht. Ich habe deshalb Kontakt zu dem Unipräsidenten aufgenommen und ihm ein paar Videos von meinem Squad in Kanada gezeigt. Er war ehrlich überrascht, aber auch gleich unglaublich aufgeschlossen. Er hat gemeint, dass er einer offiziell von der Uni anerkannten Cheerleading-AG zustimmen könnte, wenn ich drei Bedingungen erfülle: Ich bräuchte ein Team, ich bräuchte einen Sponsor, und ich bräuchte mittelfristig Zugang zu Wettbewerben. Ach so. Natürlich erwartet er auch eine solide 'Decency' von uns«, lachte Caro-Marie.

»Wie viele machen denn bisher mit?«, fragte ich Caro-Marie. Ich war mir sicher, dass sie mittlerweile ihr Team zusammenbekommen hatte und unter Garantie auch schon eine lange Warteliste führte.

»Wenn ich ehrlich bin, dann habe ich noch keine feste Zusage. Ich habe aber auch erst heute Morgen mit der Werbung und mit dem Stand angefangen. Immerhin hat eine junge Studentin echtes Interesse gezeigt. Sie will sich noch einmal bei mir melden. Wäre schön, wenn das klappt. Aber sonst? Mal sehen.«

»Wo und wann trainiert ihr?«

»Kommt. Ich zeige es euch«, sagte Caro-Marie und führte uns gut gelaunt durch den Seitenflur des Niederfeld Cafés nach hinten in den Hof. »Der Bodenbelag ist nicht perfekt. Aber er ist absolut eben und nicht rutschig. Stunts oberhalb der Taille können wir hier keine machen, aber für die Choreos reicht es voll und ganz. Giacomo erlaubt mir, hier nachmittags mit dem Squad zu trainieren. Er hat es einfach so angeboten, nachdem er mitbekommen hatte, wie ich in meiner Pause mit ein paar Tanzstudios wegen der Anmietung eines Raums telefoniert habe. Und ganz ehrlich. Eigentlich dürfte ich kein Gehalt mehr für meine Arbeit im Café bekommen, sondern müsste Giacomo bezahlen. Sorry, ich schwärme schon wieder. Was ich meine ist, dass ihr beide den Job auf jeden Fall haben könnt. Ich würde mich nur freuen, wenn ihr euch vielleicht noch einmal überlegt, ob ihr nicht doch mitmachen wollt. Es geht auch wirklich nicht ums Rumwackeln. Beim Cheerleading geht es um dich. Um deinen Charakter. Es geht um das Squad und darum, anderen Menschen eine Freude zu bereiten. Sie zu inspirieren. Aber okay. Ich will euch nicht weiter nerven. Ich wollte euch nur zeigen, woran ich glaube. So oder so, wir werden uns prima verstehen.«

Jetzt schwieg Caro-Marie und setzte dabei ein freches Grinsen auf. Und ja! Da gab es etwas, das mich gepackt hatte. Aber ich bewunderte nicht nur Caro-Maries Enthusiasmus und die Offenheit, mit der sie über ihre Vergangenheit gesprochen hatte. Ich bewunderte noch viel mehr die Selbstverständlichkeit, mit der sie mir gerade eine zweite Chance gab.

»Ja, wir sind dabei«, schoss es also aus mir heraus.

Ich sah Jana grinsen. Autsch. Stimmt. *Wir.* Auch für Jana zuzusagen, dazu hatte ich kein Recht, aber nach einem kurzen Blickaustausch war klar, dass auch sie sich auf das Abenteuer Cheerleading einlassen wollte.

»Wahnsinn. Wir sind zu dritt!«, rief Caro-Marie und umarmte uns. Dann zögerte sie für einen Moment. »Seid ihr eigentlich Geschwister, oder…?«, fragte sie vorsichtig.

»Nein«, lachte Jana. »Meine Eltern sind von meinem Studium nicht so begeistert. Deshalb bekomme ich von ihnen nur das Allernötigste. Eine eigene Wohnung könnte ich mir nicht leisten; und weil ich mich im wahrsten Sinne des Wortes erst fünf Minuten vor Schluss eingeschrieben hatte, stand ich für ein Zimmer im Studentenwohnheim erst einmal nur auf der Warteliste. Klar, das hätte wahrscheinlich noch geklappt, aber dann bin ich Isabell in der Cafeteria über den Weg gelaufen. Es ging um die allerletzte Schokomousse im Regal, die wir uns dann schwesterlich geteilt haben. Dabei sind wir ins Gespräch gekommen und auf einmal hat mir Isabell angeboten, dass ich bei ihr einziehen könnte. Einfach so. Und für Isabells Mutter war das auch das Selbstverständlichste auf dieser Welt.«

»Das ist wirklich sehr nett.«

»Es ist aber auch sehr schön, eine große Schwester zu haben«, antwortete ich.

»Große Schwester?«, fragte Caro-Marie.

»Ich bin mehr als ein Jahr älter als Isabell«, sagte Jana. »Die Banklehre, die meine Eltern für mich auserkoren hatten, hat mich ein volles Jahr gekostet, bevor ich den Mut aufgebracht hatte, sie hinter mir zu lassen.«

»Und Architektur ist dein Ding?«

Während Jana euphorisch nickte, hallte auf einmal ein Song aus der Cheerleadingwelt durch den Hinterhof.

»Schuldigung«, sagte Caro-Marie und griff zu ihrem Smartphone. »Hey, Cathryn. Klar, das Angebot steht noch. Echt? Prima, das freut uns. Das ist so super. Dann treffen wir uns morgen früh am Stand? Ja. Noch zwei. Wir sind jetzt zu viert.«

VARIATIONEN

••••

»Ich bin Kitty«, sagte die junge Frau zu Jana und mir. »Dann muss ich nicht immer Cathryn buchstabieren. Keine Ahnung, was sich meine Eltern dabei gedacht haben.«

Mit ihrer von Herzen kommenden guten Laune und ihrer kontrolliert lockeren Art war mir Kitty sofort sympathisch. Sie war um die 1,65 m groß (und damit ein gutes Stück größer als ich, aber immer noch kleiner als Jana oder Caro-Marie), sie hatte schulterlange braune Haare mit gleichmäßig scharfglattem Schnitt, und sie bewegte sich mit ihrem Gewicht solide im oberen Bereich des Normwertes. Was auch immer ich bisher für Vorurteile gegen Cheerleadertussen gehabt hatte, die zerlegte Caro-Marie Stück für Stück – und das fühlte sich unglaublich gut an!

Kitty hatte gerade ihr zweites Semester abgeschlossen, sie wusste aber noch nicht, worauf sie sich später einmal spezialisieren sollte. Deshalb hatte sie als Studiengang einen offenen Bachelor gewählt. Sie wollte einfach alles auf sich zukommen lassen. Ein Augenblinzeln lang überlegte ich mir, dass Kitty von ihrer Ausdrucksweise und ihrer unbekümmerten Art her vielleicht eine Spur einfach gestrickt war, aber ich schämte mich sofort für diesen echt blöden Gedanken. Denn ja! Kitty würde ohne jeden Zweifel super zu uns passen. Von Allüren keine Spur. Sie machte einen durch und durch ehrlichen Eindruck und sie war bereits jetzt voller Enthusiasmus.

»Scheiße. Müssen wir dieser Hexe jetzt auch noch hier über den Weg laufen. Ich kann nur hoffen, dass keine von denen so bescheuert ist, ihr Studium für dieses Biest zu schmeißen. Die gehört so was von in den Ofen.«

Häh? Was? Wer verdirbt uns denn hier die Altersfreigabe? Ich schaute zur Seite, oder besser gesagt zur Seite und nach oben. Zwei junge Frauen standen neben mir. Sie waren groß. Sehr groß. Wahrscheinlich deutlich größer als 1,80 m. Sie fixierten mit ihren hasserfüllten Augen eine hyperschlanke grauhaarige Frau, die sich angeregt mit einer Gruppe von Erstsemestern unterhielt. Schließlich beschlossen die beiden Frauen, in Deckung zu gehen. Aber als sie versuchten, hinter mir Schutz zu suchen, merkten wir schnell, dass das so nicht funktionieren würde.

»Hinter unserem Stand. Wenn ihr euch hinkniet und ich vorne ein paar Flyer sortiere, dann seid ihr erst einmal aus der Sichtlinie der Dame«, sagte ich zu den beiden, ohne irgendeine Ahnung zu haben, worum es hier eigentlich ging. Ich meine, vielleicht bot ich ja gerade zwei Massenmörderinnen Schutz an.

»Danke«, sagte eine der beiden jungen Frauen zu mir. Dann schwebten sie mehr als dass sie liefen zur Rückseite von Caro-Maries Cheerleading-AG Stand und knieten sich hin. Ich folgte den beiden unauffällig und spielte für eine Weile mit den Flyern herum. Nachdem die grauhaarige Frau verschwunden war, gab ich grünes Licht.

»Ihr scheint euch nicht zu mögen.«

»Definitiv nicht«, antworteten die beiden im Chor. Jetzt fiel mir auf, wie ähnlich sie sich sahen. Groß, schlank und grazil. Mit blond gelockten Haaren der Marke Märchenfee. Ich tippte auf Zwillinge.

»Was ist passiert? Wer war das überhaupt?«, fragte ich.

»Das war eine alte Freundin. Chantal Kammermann. Sie ist die Leiterin der Kammermann & Bench Ballettakademie in Rüsselsheim. Das ist eine der ganz großen Schulen in Europa. Dort haben wir die letzten fünf Jahre unseres Lebens verbracht. Alles gegeben, viel geblutet, nur um exakt drei Tage vor unserem Abschluss ins Gesicht gekotzt zu bekommen, dass man uns eher im Hintergrund sieht und wir bei der finalen Akademiepräsentation nur Statistenrollen übernehmen werden.«

»Und diese Präsentation ist ziemlich wichtig, oder?«

»Ja. Bei diesem Termin sitzen handverlesene Leute im Publikum, die die Macht und die Connections haben, dir sofort ein Engagement zu verschaffen. Wer an diesem Abend nicht auffällt oder auf der Sideline gesichtet wird, hat keine Chance mehr. Das war es dann. Du erlebst das Ende deiner Karriere in genau der Nacht, in der sie eigentlich beginnen sollte.«

»Weshalb hat sie euch…?«, begann ich zu fragen, obwohl ich mir die Antwort bereits denken konnte.

»Wir seien zu groß. Man könne keinem Meistertänzer zumuten, uns zu heben. Das würde seine Gesundheit gefährden und das würden wir doch ganz sicher verstehen. Oh, und ästhetisch sähe so was natürlich auch nicht aus.«

»Ihr hattet keine Chance, mit der Frau zu reden?«, fragte ich rein rhetorisch.

»Nein, wir haben es versucht. Und wir waren wirklich nett. Wir sind mit ein paar guten Ideen zur Kammermann gegangen, aber die Diskussion bestand lediglich darin, dass uns ihre Augen den Weg zur Tür nach draußen gezeigt haben. Das war dann wirklich das Ende. Die Kammermann hat in dem Business zu viel zu sagen. Die ist zu bekannt. Ohne deren Segen hätten wir niemals ein Engagement bekommen. Und selbst wenn. Die ist so ein Biest, die hätte zum Telefon gegriffen, um die Sache noch zu regeln. Also haben wir umgesattelt und uns hier im Fachbereich Sport eingeschrieben. Wir machen auch ein paar Didaktiksachen. Lehramt wäre nämlich später mal eine echte Option. Und 'schuldigung. Kommt spät. Ich bin Elinor und das hier ist meine kleine Schwester Marianne.«

»Ich bin Isabell. Seid ihr beide Zwillinge?«

»Ja, also fast«, antwortete Marianne. »Wir sind im gleichen Jahr geboren. Unsere Eltern waren nämlich der Meinung, dass man während der Stillzeit nicht schwanger werden kann.«

»Und was macht ihr hier?«, fragte mich dann Elinor. »Das sieht nach Tanzsport aus. Gym– … nein. Cheerleading, oder? Fancy! Mal was anderes.«

»Ja, darum geht es in unserer AG. Ich selbst bin aber auch erst seit gestern dabei. Caro-Marie hat das alles auf die Beine gestellt.«

Ich blickte zur Seite, um den beiden Caro-Marie vorzustellen, aber die unterhielt sich gerade noch mit Kitty. »Habt ihr Lust, mitzumachen?«, rutschte es mir dann raus.

»Cool! Aber habt ihr denn überhaupt Verwendung für zwei geschasste Primaballerinas?«, fragte Elinor.

»Klar. Die haben wir«, hörte ich Caro-Marie sagen. Sie war mittlerweile mit Kitty zu uns gekommen. »Außerdem sind wir im Moment selbst noch dabei, uns zu finden; und mit der Choreografie fange ich ohnehin erst an, wenn ich weiß, wer alles dabei sein wird. Ihr passt super rein. Ich kann mir euch prima als Base für die Stunts und auch als Spotter vorstellen. Ganz zu schweigen davon, dass ich mit euch garantiert einiges an professioneller Klassik und Drama in den Dance integrieren kann. Das wäre ein echter Traum. Danach sehnt sich jeder Coach. Aber ich will euch nicht drängen. Überlegt es euch einfach. Würde uns wirklich freuen. Und falls ihr noch Fragen habt oder euch Cheerleading mal in Aktion ansehen möchtet, dann kann ich euch gerne ein paar Videos von meinem ehemaligen Squad in Kanada zeigen.«

»Performing Arts sind Performing Arts«, antwortete Marianne gut gelaunt und sah blinzelnd ihre Schwester an. Einen Augenblick später waren wir zu sechst.

»Danke«, flüsterte mir Caro-Marie zu und lief auch gleich freudig los, um ein paar Plastikstühle zusammenzusuchen. Anscheinend stand jetzt das erste offizielle Squadmeeting auf dem Programm. Dann aber zögerte Caro-Marie für einen Moment und schnappte sich ihr Smartphone. »Wartet ihr noch einen kleinen Augenblick?«, bat sie uns.

Während Jana und Kitty damit begannen, mit den Stühlen einen Kreis zu bilden, blickte ich zu Caro-Marie. Sie telefonierte. Sie schaute erst absolut glücklich und dann leicht erschrocken. Nachdem sie aber das Gespräch beendet hatte, strahlte sie nur noch.

»Also wenn ihr jetzt noch für eine halbe Stunde Zeit hättet, dann wäre das super. Der Unipräsident, also der, der letzten Endes darüber entscheiden wird, ob wir als offizielles Cheerleadingsquad der Rhein-Main-University auftreten können, hat gerade Zeit und er möchte uns kennenlernen. Ich weiß, dass ich euch damit ins kalte Wasser werfe, aber...«

»...aber wir sind ein Squad«, sagte Jana und wir liefen los.

6+1

....

»Setzen Sie sich doch bitte«, sagte der Präsident der Rhein-Main-University zu uns und zeigte einladend zu einem großen Besprechungstisch in einer gut beleuchteten Ecke seines Büros.

»Danke«, sagte Caro-Marie, während wir alle Platz nahmen.

»Prima. Sie haben ihr Team ja wesentlich schneller zusammenbekommen, als erwartet. Das freut mich. Oh, und bevor ich ihren Mitstreiterinnen gegenüber unhöflich erscheine. Armin Zimmermann. Ich bin der Präsident der Rhein-Main-University, aber das wissen Sie wahrscheinlich bereits alle, da sie ja immer das Impressum unserer Unizeitung lesen. Und wegen des Fotos dort müssen sie nicht lügen. Der einzige, der mal gesagt hat, dass ich darauf gut aussehe, war mein Schwiegersohn, als er um die Hand meiner Tochter angehalten hatte.«

Ich schaute Präsident Zimmermann an. Er war um die 55, recht vollschlank mit schwarzen Haaren und er machte einen super-lockeren, vielleicht sogar einen leicht verschmitzten Eindruck. Trotzdem verrieten mir seine uns scharf musternden Augen, dass er garantiert auch ganz anders konnte, falls dafür einmal der Bedarf bestehen sollte. Aber anscheinend war es seine Philosophie, ein Gespräch erst einmal mit einem Vertrauensbonus zu beginnen. Scharf schießen konnte man ja immer noch.

»Ja. Wir haben wirklich nur zwei Tage gebraucht, um uns zu finden«, antwortete Caro-Marie stolz.

»Perfekt. Also, legen wir los. Wie ich Ihnen in unserem ersten Gespräch versichert habe, stehe ich einer offiziellen Anerkennung Ihres Cheerleadingteams absolut positiv gegenüber und kann Ihnen auch schon in Ihrer Findungsphase passende Räumlichkeiten zur Verfügung stellen. Gerade in den Semesterferien ist das nicht sonderlich schwierig. Allerdings«, und jetzt machte Präsident Zimmermann eine Pause, »kann ich Ihnen bei der Finanzierung erst einmal nur unterstützend unter die Arme greifen. Aber genau deshalb haben sie ja bereits Kontakt mit einem möglichen Sponsor aufgenommen, wenn ich Sie richtig verstanden habe.«

»Ja. Das habe ich. Die Pemley Bank hat Interesse signalisiert, unser Sponsor zu werden. Ich habe mir deshalb überlegt, dass wir in der Tradition des Cheerleadings ein Tryout veranstalten, bei dem ich das Squad vorstelle. Zu diesem Termin werden wir Vertreter der Bank einladen.«

»Ein guter Plan«, sagte Präsident Zimmermann bestätigend.

»Ja. Und es würde uns sehr weiterhelfen, wenn Sie uns dafür einen Raum zur Verfügung stellen könnten. So in sieben bis zehn Tagen. Am besten am Nachmittag, falls das ginge. Bis dahin werden wir eine Basischoreografie auf die Beine gestellt haben. «

»Mal sehen«, antwortete Zimmermann und drückte einen Knopf auf der kleinen Sprechanlage, die neben ihm auf dem Besprechungstisch stand. »Frau Schneider«, sagte er, nachdem sich seine Assistentin gemeldet hatte. »Ist die Aula B1 in 10 Tagen frei.«

»Moment … sie ist bis 13:30 Uhr belegt, aber danach für den Rest des Tages frei.«

Präsident Zimmermann blickte zu Caro-Marie.

»Ja. Das passt perfekt«, sagte Caro-Marie, nachdem wir alle genickt hatten.

»Gut. Dann buchen Sie bitte den Termin«, bat Präsident Zimmermann seine Assistentin und legte auf. »Das wäre also erledigt. Die Aula B1 ist für Sie reserviert.«

»Vielen Dank. Das ist super.«

»Keine Ursache. Wir sind auch schon fast durch«, sagte Präsident Zimmermann zufrieden, stand auf und ging zu dem Notebook auf seinem Schreibtisch. Sein Blick signalisierte Caro-Marie, dass sie ihm folgen sollte. »Ich möchte nur noch zwei formelle Punkte regeln. Sie sind der Ansprechpartner? Der Chef des Teams?«

»Ja. Der Captain des Squads.«

»Der Captain des Squads. Verstanden. Und wer vertritt Sie? Wer ist ihr Co-Captain?«

Für einen Moment dachte ich, dass Präsident Zimmermann Caro-Marie mit dieser Frage eiskalt erwischt hatte, aber sie antwortete sofort: »Das macht Isabell. Isabell Bennede.«

»Isabell Bennede«, wiederholte Präsident Zimmermann meinen Namen und tippte etwas in sein Notebook. »Ah. Jura … und ziemlich gut, wie ich sehe«, ergänzte er noch.

Ich riss mich zusammen. Die Sache mit dem Hyperventilieren konnte ich mir noch für später aufheben. Ich meine, von 'null' auf Co-Captain in nur 48 Stunden. Das macht atemlos.

»Und wo wir gerade bei dem Thema Vertretung sind. Sie sind zu sechst hier. Also ist ihr Squad eine '5 + 1'?«

Caro-Marie schaute Präsident Zimmermann an. So richtig verstanden hatte ihn eben wahrscheinlich keine von uns.

»Was machen Sie, wenn jemand von Ihnen ausfällt?«, fragte Zimmermann dann sehr deutlich und klang dabei ziemlich ernst. »Ich würde es sehr begrüßen, wenn Sie noch eine Reservefrau oder auch sehr gerne einen Reservemann mit in Ihr Squad aufnähmen. Nicht sofort, aber vielleicht könnten Sie das bis zu Ihrem Tryout abschließend regeln. Denn sollte sich eine von Ihnen einmal nicht wohlfühlen, dann muss sichergestellt sein, dass sie ohne Gruppenzwang aussetzen kann. Etwas Druck schadet nicht, aber ohne Reserven bricht man zusammen. Das ist nicht mein Stil. Ich muss also darauf bestehen.«

»Ja, natürlich. Wir werden noch jemanden finden«, antwortete Caro-Marie. Diesmal spürte ich einen leichten Hauch von Panik in ihr aufsteigen. Anscheinend hatte Präsident Zimmermann sie mit der Frage nach einer Reserve im Squad überrascht. Aber richtig Sorgen machte ich mir dann doch nicht. Caro-Marie hatte nach gerade einmal zwei Tagen fünf Squadmitglieder zusammenbekommen, da würde…

»Oh nein. Blöde. Bin ich zu spät? So sorry«, sagte Lydia, als sie die Tür zu Präsident Zimmermanns Büro ohne anzuklopfen aufriss und hereinpolterte.

Niemand von uns sagte mehr etwas, und für einen Moment war ich mir ziemlich sicher, dass Präsident Zimmermann Lydia jetzt erst einmal maßregeln würde. Allerdings schienen ihn die beiden poppigen Argumente, mit denen Lydia wuschig auf ihn zuwippte, schnell wieder milde zu stimmen; und er zeigte wortlos zu einem freien Platz am Besprechungstisch. Lydia folgte der Einladung. Sie setzte sich neben Jana, legte ihr kumpelhaft den Arm um die Schulter und holte ein rosa Smartphone mit Glitzersteinen aus ihrer Tasche.

»Also meine Roomie, Kitty, hat mir erzählt, dass du hier was mit Cheerleading aufziehen möchtest. Das ist echt so was von mein Ding. Tanzen kann ich. Hab ein paar geile Videos von mir gemacht; und das mit meinem neuen Job beim von der Burgh, das bekomme ich auch hin. Die Zeiten da sind ja fast so flexibel wie ich. Verstehst schon, oder?«, giggelte Lydia Jana zu. »Ich bin übrigens Lydia. Lydia Hütte. Kann's kaum erwarten, bei dir einzusteigen.«

»Sie arbeiten in den Semesterferien in der Kanzlei Rosings & von der Burgh?«, fragte Präsident Zimmermann und war sich dabei wohl nicht so ganz sicher, ob er jetzt ungläubig oder anerkennend klingen sollte.

»Ja. Seit gestern. Und wissen Sie was? Isabell und ich, wir wären da fast Kolleginnen geworden«, erklärte Lydia mit munterem Stolz.

»Das ist wirklich sehr interessant. Aber natürlich bin ich nicht derjenige, der hier die Personalentscheidungen trifft«, antwortete Präsident Zimmermann und schaute zu Caro-Marie.

»Ja. Super. Willkommen im Squad, Lydia«, sagte sie schnell.

»Perfekt. Damit wäre auch das geklärt.« Zufrieden machte sich Präsident Zimmermann noch ein paar Notizen. »Dann sind wir mit den Themen durch, denke ich«, sagte er schließlich.

»Ja. Das sind wir«, antwortete Caro-Marie.

»Sehr schön. Also dann. Viel Erfolg, Frau Stenau.«

•••

Als wir durch den Flur des Verwaltungsgebäudes zurück in Richtung Campus liefen, ließ Caro-Marie die anderen erst einmal vorgehen und schaute mich an. »Ich weiß, dass ich eben in den letzten drei Minuten gegen mehr Regeln der Kameradschaft verstoßen habe, als Crissy in den drei Jahren, in denen sie mein Captain war. Denn normalerweise fragt man die, die man als Co-Captain auserkoren hat, schon mal im Vorfeld.«

»Nein. Ist okay. Es freut mich, dass ich einspringen konnte. Da hatte Zimmermann ja auf einmal auf ziemlich formell geschaltet«, antwortete ich.

»Ja. Deshalb bin ich dir ehrlich dankbar, dass du sofort einverstanden warst. Und keine Angst. Das wird prima klappen. Immerhin warst du die erste, die mir gestern zugesagt hat; und dass du sehr deutlich deine Meinung sagen kannst, das habe ich ja auch schon mitbekommen.«

Wir lachten.

»Aber bist du mir auch nicht böse wegen Lydia? Sie ist die, wegen der du die Praktikantenstelle verloren hast, oder?«, fragte mich Caro-Marie.

»Ja. Das ist sie. Aber ich mache Lydia keinen Vorwurf. Sie kann wirklich nichts dafür. Die Entscheidung, dass sie mir vorgezogen wurde, die wurde einzig und allein von der Kanzlei getroffen.

Außerdem glaube ich nicht, dass Lydia ein schlechter Mensch ist. Sie ist vielleicht ein bisschen…«

»…ein bisschen wirbelig?«

»Ja, ein bisschen wirbelig«, lachte ich, während wir weiterliefen.

»Nur müssen wir auch fair sein«, sagte Caro-Marie dann wieder eine Spur ernster. »Ohne Lydia hätten wir es eben bei Zimmermann nicht so leicht gehabt. Ich habe auch einen Blick auf das Tanzvideo werfen können, das sie Jana gezeigt hat. Lydia hat wirklich Talent. Sie improvisiert zwar viel, aber ihre Moves sind super und das Timing absolut fehlerfrei. Passt alles zusammen. Sie wird das Squad bereichern; und ihren Wirbel werden wir schon verkraften. Aber natürlich hast du das Vetorecht.«

»Nein«, sagte ich. »Kein Veto. Lydia bleibt dabei. Sie ist jetzt eine von uns.«

SPONSOR

....

»Bringt eure gute Laune mit herein, aber lasst die Portemonnaies in euren Taschen«, begrüßte uns Giacomo eine halbe Stunde später im Niederfeld Café, während er uns ein Tablett mit Sandwiches und zwei Flaschen Wasser auf den Tisch stellte. Anschließend blickte er noch mit einem einladenden Zwinkern zu einer der Kaffeemaschinen hinter der Theke.

»Warte, Giacomo. Wir machen bald auf. Da will ich dir bei den Vorbereitungen helfen. Erzählst du mir nachher alles, Isabell?«, sagte Jana, ging hinter die Theke und begann, die Cappuccinotassen und Lattebecher in Position zu bringen.

»Klar«, rief ich ihr nach und schaute dann zu Caro-Marie.

»Ja. Okay«, begann sie. »Vielen … vielen Dank dafür, dass ihr alle so schnell dazugestoßen seid. Ihr kennt ja meine Geschichte und deshalb wisst ihr auch, was das für mich bedeutet. Mit eurer Hilfe bin ich meinem Traum, ein Cheerleadingsquad auf die Beine zu stellen, einen großen Schritt näher gekommen. Wir sind fast am Ziel, meine ich. Wir haben uns gefunden und der Unipräsident hat uns vorhin signalisiert, dass er uns als offizielles Cheerleadingsquad der Rhein-Main-University anerkennen möchte.«

»Ich möchte nicht gleich beim ersten Meeting schwarzsehen, aber bist du dir sicher, dass es Präsident Zimmermann auch wirklich ernst gemeint hat und dass er uns nicht einfach nur schnell wieder loswerden wollte«, warf Elinor ein.

»Was! Der Alte hat uns angelogen?«, schrillte Lydia irritiert in die Runde.

»Nein. Ich glaube nicht, dass er das hat«, antwortete Caro-Marie. »Er ist nicht der Typ, der eine Gruppe von Studentinnen anlügt, nur um schnell wieder seine Ruhe zu haben. Das hat er nicht nötig. Dafür ist er zu stolz. Außerdem hat er uns für das Tryout nicht in irgendeiner Abstellkammer einquartiert. Wir haben die Aula B1 bekommen!«

»Kennst du die?«, fragte Kitty.

»Ja. Wir haben im letzten Semester die Projektfinanzierung dieses Gebäudes als Fallstudie behandelt. Das war ein ganz großes Ding für die Uni. Vor drei Jahren sollte die alte Aula B nämlich noch abgerissen werden, aber dann kam jemand auf die Idee, sie stattdessen in eine moderne Präsentations- und Theaterbühne umzuwandeln. Ein komplettes Re-design stand an, das vom Fachbereich Bauingenieurwesen koordiniert wurde. Aber auch viele andere Fachbereiche waren daran beteiligt. Physik, zum Beispiel. Die haben ihre besten Akustiker geschickt und den Raum so entworfen, dass man das leiseste Flüstern vorne auf der Bühne auch noch deutlich in den hinteren Reihen hören kann. Dieses Projekt hat die Uni eine ganze Menge Geld gekostet. Wenn Zimmermann uns nicht ernst nehmen würde, dann hätte er niemals seine Assistentin gebeten, gerade dieses Kronjuwel für uns zu reservieren. Dass er dafür im Gegenzug von uns erwartet, dass wir uns an bestimmte Regeln halten und dass wir uns auch selbst um den Hauptteil der Finanzierung kümmern, ist fair.«

»Die Finanzierung. Hast du schon eine Idee, wie wir das hinbekommen?«, fragte ich.

»Ja. Wir brauchen einen Sponsor, der uns unterstützt. Kennt ihr die Pemley Bank?«

»Pemley Bank? Nie gehört. Klingt wie irgend so ein Fantasieunternehmen aus einem Roman«, antwortete Marianne.

»Nein. Die gibt es wirklich«, lachte Caro-Marie. »Die Pemley Bank ist eine mittelgroße Privatbank hier in Frankfurt, die ... ja ... die wirklich niemand kennt. Das liegt wahrscheinlich an deren Kundenstamm. Der ist im Moment so um die 60+. Aber die Bank möchte expandieren und in Zukunft auch jüngere Kunden für sich gewinnen. Studenten und Berufseinsteiger zum Beispiel.«

»Erzähl weiter«, sagte Elinor motiviert.

»Also waren die schon einmal sehr gesprächsbereit, als ich mit Cheerleading an die herangetreten bin und…«

»…und…«

»…und die Tatsache, dass mein Cousin, Christian Bingle, der Leiter der Marketingabteilung der Pemley Bank ist, trifft sich auch ganz gut.«

»Puh. Das kann aber auch böse nach hinten losgehen und buchstäblich als Vetternwirtschaft ausgelegt werden«, warf Kitty ein.

»Ich weiß. Darüber habe ich auch gleich ganz offen mit Christian gesprochen. Er hat eine prima Lösung gefunden. Christian wird zwar die Vorstandsvorlage vorbereiten, aber die Entscheidung, ob wir am Ende das Sponsoring bekommen werden oder nicht, die wird nicht Christian treffen, sondern der Finanzvorstand der Bank. Darian Wilhelmson.«

»Alter Knacker mit viel Knete. Den kriegen wir rum. Ein paar flotte Moves, und die Sache ist geritzt. Und der Kerl auch, wenn wir's zu toll treiben…«, giggelte Lydia selbstbewusst in die Runde.

»Nicht so ganz«, antwortete Caro-Marie und lächelte dabei frech. »Darian ist genau wie Christian Mitte dreißig. Superjung für einen Vorstand. Das zeigt, was er drauf hat. Christian und Darian sind seit ihrem Wirtschaftsstudium eng miteinander befreundet, allerdings hat Darian den Ruf, einer der sachlichsten und unbestechlichsten Menschen in der Bankenwelt zu sein. Der Vorstandsvorsitzende vertraut ihm. Wenn Darian also empfiehlt, dass wir das Sponsoring bekommen sollen, dann liegt das nicht daran, dass Christian und ich verwandt sind. Dann liegt das daran, dass wir wirklich supergut sind. Genau das ist der Plan. Deshalb veranstalten wir in zehn Tagen das Tryout. Da werden Christian und Darian anwesend sein und wir werden die beiden mit einer einmaligen Choreo umhauen.«

»Warte! Tryout?«, fragte ich, nachdem ich den Begriff schließlich einsortiert hatte. »Ist das nicht die Veranstaltung, bei der sich die neuen Anwärterinnen und Anwärter für das Cheerleadingsquad erst einmal nur vorstellen – und am Ende gar nicht genommen werden, wenn sie patzen?«

»Ja. Das stimmt. Das versteht man normalerweise unter dem Tryout. Denn damit wird sichergestellt, dass die Auswahl für das Squad fair verläuft und nicht einfach nur die beste Freundin der Schulzicke genommen wird. Aber ich sehe unser Tryout wirklich nur als eine Präsentationsrunde, in der wir uns der Welt vorstellen.«

»Was hast du dir vom Ablauf her gedacht? Was machen wir bis zu dem Termin?«, fragte Elinor.

»Ich möchte euch eine leichte Choreografie beibringen, die wir dann vorführen werden. Das dürfte erst einmal genügen«, antwortete Caro-Marie.

Wir hörten ein paar Stimmen von draußen. Eine Gruppe von Studenten schaute neugierig durch die große Glasfront in das Café. Das war unser Zeichen. Caro-Marie sagte noch, dass wir uns am kommenden Tag wieder treffen würden, und dann legten wir mit unserer Arbeit im Niederfeld Café los.

REGENTSCHAFT

····

»Hey, schnell! Ich muss euch etwas zeigen«, rief uns Caro-Marie voller Enthusiasmus zu, als wir uns drei Tage später wieder zum Training im Niederfeld Café trafen. Dabei packte sie Jana und mich an den Händen und zog uns vorbei an einem grinsenden Giacomo nach hinten.

»Wow. Gestern Abend sah das hier aber noch ganz anders aus«, sagte Jana.

»Wann hast du das alles gemacht?«, fragte ich Caro-Marie.

»Das war ich nicht. Das war Giacomo«, antwortete sie. »Umwerfend, oder?«

Das war es. Nur war 'umwerfend' noch untertrieben. Giacomo hatte uns in der hinteren Ecke des Seitenflurs einen Lagerraum freigeräumt, den wir als Umkleide nutzen konnten. Um ungebetene Gäste fernzuhalten, hing ein in schwarz-gelben Warnfarben gehaltenes Schild neben der Eingangstür, auf dem mit Giacomos Handschrift *'Privat'* und *'Lebensgefahr'* geschrieben stand. Zusätzlich hatte Giacomo noch das rot durchgestrichene Icon eines Mannes, dem man wohl gerade empfindlich wehgetan hatte, draufgezeichnet. Damit war für alle klar, dass hier niemand außer uns etwas zu suchen hatte!

»Danke, Giacomo. Das ist wunderbar«, riefen Jana und ich unserem Chef zu.

»Aber Weihnachten ist noch lange nicht vorbei«, sagte Caro-Marie. Dann öffnete sie die Tür zur Umkleide und ging mit uns in den Raum.

Alle anderen waren schon da. Kitty stand in einer Ecke und schaute mit großen Augen auf eine Cheerleaderuniform, die sie in ihren Händen hielt. »Der Wahnsinn«, sagte sie. »Darf ich die echt tragen?«

»Natürlich. Ist sogar Pflicht«, antwortete Caro-Marie und drückte auch Jana und mir je einen Satz noch in Plastikfolie verpackter Cheerleadinguniformen in die Hand. »Ich habe mittlerweile ein ganz gutes Auge für Größen entwickelt. Die müssten euch passen. Ist auch erst einmal nur ein Provisorium von der Stange. Die endgültigen Uniformen möchte ich nämlich erst bestellen, wenn wir uns auf ein Farbschema für das Squad geeinigt haben. Ich habe zwar schon ein paar Ideen, aber vielleicht kann ich für das Finetuning trotzdem noch eine Designerin anheuern, die uns mit einem professionellen Finish unterstützt. Eine Kunststudentin oder so. Wird sich schon jemand finden.«

»'R'. Hat das was zu bedeuten?«, fragte Elinor und zeigte auf das kleine Logo im seitlichen Schulterbereich der Uniform.

»Ja. Ein Stück Nostalgie. Ich bin in Kanada auf die Regina High gegangen. Dort waren wir die 'Regina Reggies'. Den Namen würde ich gerne beibehalten. Dann wären wir ab sofort die 'Rhein-Main Reggies', wenn das okay für euch ist. Als Name für unser Squad, meine ich. Crissy findet es cool. Ich habe gestern Abend mit ihr geskyped.«

»Klingt super«, sagte Kitty sofort. »Aber wie machen wir das mit der Bezahlung?«

»Darüber müssen wir uns keine Gedanken machen. Christian hat alles bezahlt. Er meint, dass wir das als Vertrauensvorschuss von der Bank sehen sollen. Ich bin ihm so dankbar! Und wisst ihr was? Die Reise durch das Zauberland von Oz ist immer noch nicht vorbei«, antwortete Caro-Marie und lief mit uns nach draußen.

»Die ist ein echtes Profiteil. Absolut eben, wetterfest und stabil genug für die Choreos. Wir können sogar Stunts auf ihr trainieren«, sagte Caro-Marie und zeigte stolz auf die smaragdgrüne Matte, die jetzt mehr als zwei Drittel des Bodens im Hinterhof des Niederfeld

Cafés bedeckte. Dahinter lehnten noch ein halbes Dutzend kleinerer Trainingsmatten an der Wand.

»Dein Cousin glaubt wirklich an dich«, sagte ich zu Caro-Marie.

»Ja, das tut er. Genauso wie Giacomo. Er hat mir sofort erlaubt, alles hier unterzubringen. Und damit wir keinen der beiden enttäuschen, fangen wir jetzt auch gleich mit unserem ersten richtigen Training an. Aber erst einmal ein paar Grundsatzregeln.«

»Also wie wir die Fußballer antörnen und was wir ihnen alles für hinterher versprechen dürfen«, warf Lydia mit frivol guter Laune ein, während wir zurück in die Umkleide gingen und uns dort auf die Holzbänke setzten.

»Nein, da muss ich dich leider enttäuschen. Denn genau das werden wir nicht tun«, lachte Caro-Marie. »Aber trotzdem danke, dass du das Thema angesprochen hast, Lydia. Ein Cheerleadingsquad kann sich nämlich ganz grob gesagt in eine von zwei Richtungen entwickeln. Es gibt einmal das 'Supportive Cheerleading'. Das sind die Squads, die die Spieler auf dem Feld anfeuern und die Zuschauer auf der Bühne motivieren, dabei mitzumachen. Und dann gibt es das 'Competitive Cheerleading'. Hier geht es in der Regel ausschließlich um Technik. Diese Squads studieren Choreografien mit Dance und Stunts ein und führen diese dann so perfekt wie möglich bei Veranstaltungen und bei Wettbewerben auf. Diesen Weg möchte ich einschlagen. Das wird für uns alle eine spannende Zeit werden.«

»Wie hast du dir die Rollenverteilung gedacht? Wahrscheinlich machen Isabell und Kitty in den Choreos andere Sachen als Elinor und ich«, fragte Marianne.

»Teilweise«, antwortete Caro-Marie. »Die Einleitung, den Schluss und auch die meisten Sequenzübergänge im Hauptteil machen wir gemeinsam. Das ist wichtig für den Spirit. Daran wird nicht gerüttelt. Aber für einige Passagen werden wir uns natürlich spezialisieren. Dabei habe ich mir Folgendes gedacht: Isabell und

Kitty werden die Flyer des Squads. Ihr seid also bei den Stunts immer ganz oben. Elinor und Marianne, ihr bildet dabei die Base für die beiden. Dann werden Jana, Lydia und ich den größten Teil der Danceroutinen übernehmen. Lydia vorne. Jana und ich flankieren synchron als Team. Wir sind alle ungefähr gleich groß und haben auch fast dieselbe Haarfarbe. Das wird super aussehen.«

»Danke«, sagte Jana.

»So, und jetzt muss ich noch die Safety ansprechen, denn die geht uns alle an«, erklärte Caro-Marie weiter und wechselte in eine No-Nonsense-Tonfall. »Wir brauchen Spotter im Squad, die…«

»Häh, willst du jetzt über uns lästern? So wie die Hungertussi aus Panem?«, schmollte Lydia.

»Nein«, lachte Caro-Marie. »Ein Spotter im Cheerleading achtet darauf, dass die Stunts sicher ausgeführt werden. Bei Bedarf hilft er den Flyern mit der Balance und fängt sie notfalls auf, falls wirklich mal etwas schiefgehen sollte. Das ist eine verantwortungsvolle Position, für die man ausreichend Erfahrung haben sollte. Deshalb werde ich diese Aufgabe erst einmal übernehmen, aber wir brauchen so schnell wie möglich ein Back-up. Dabei denke ich an dich, Jana. Und keine Angst. Das bekommen wir alles hin.«

• • • •

Dann ging es los. Die folgenden sieben Tage gab uns Caro-Marie einen Crashkurs im Cheerleading.

Dass sie in Kanada drei Jahre lang gecheert hatte, merkte man sofort. Ohne mit der Wimper zu zucken, schüttelte sie eine zu uns passende Anfängerchoreografie aus dem Ärmel. Und wenn es beim Training mal mit dem einen oder anderen Move nicht so richtig klappte, dann wusste Caro-Marie in der Regel sofort, woran es lag.

Super war auch, wie Caro-Marie uns alle miteinbezog und Ideen von uns übernahm. Gerade Elinor und Marianne konnten unglaublich viel zur Choreografie beisteuern und unseren Moves einen Hauch von eleganter Klassik verleihen.

Ach so. Wahrscheinlich fragt ihr euch jetzt noch, wie die Sache mit den Pom-Poms war. Extrem peinlich natürlich. Für genau fünf Minuten oder so, denn dann machten die Bewegungen mit ihnen unglaublich viel Spaß und sie wurden zu einem natürlichen Bestandteil unseres Körpers.

Ja, die Harmonie im Squad war wirklich klasse. Meinungsverschiedenheiten gab es nur, als sich Lydia nach einer Weile über die Länge der Röcke und die Tiefe der Ausschnitte der Oberteile beschwerte. Sie hatte da nämlich ihre sehr eigene Vorstellung davon, wie man dem Publikum das präsentieren sollte, was man eben so zu bieten hatte.

»Nein«, wiegelte Caro-Marie aber immer wieder ab. »Es gibt in unserem Alter zwar keine Vorgaben mehr, nur möchte ich mich nicht an die 'Ab-18-Grenze' herantasten. Wir bleiben familienfreundlich. Wir werden trotzdem allen den Atem rauben.«

Passable Proportionen

••••

Sieben Tage später betraten wir die Aula B1 der Rhein-Main-University. Ich war erst einmal sprachlos. Caro-Marie hatte nicht übertrieben. Selbst ohne eine echte Ahnung von Architektur zu haben, verstand ich, dass dieser Raum etwas ganz Besonderes war. Hier würden wir uns perfekt präsentieren können.

Die Bühne war vorne leicht angehoben und man konnte sie von beiden Seiten aus über eine dreistufige Treppe betreten. Hinten rechts gab es noch eine Rampe für Rollstuhlfahrer. Alles in allem wirkte die Bühne erst einmal recht schlicht, aber wie Caro-Marie uns erklärt hatte, konnte man sie mit einem Knopfdruck jederzeit von einer Show- und Theaterbühne in eine Plattform für Vorlesungen und Businesspräsentationen verwandeln. Irgendwo in den Senkungen hatten die Ingenieure tatsächlich Smartboards versteckt.

Die Sitzreihen für die Zuschauer waren in einem nach hinten ansteigenden Viertelkreis so um die Bühne herum angeordnet, dass man auch von den hinteren Plätzen aus alles sehen konnte. Der Raum an sich war angenehm mit Halogenlicht beleuchtet und vom ersten Eindruck her stimmte die Akustik hier drinnen wirklich.

Alles in allem waren so um die 40 Studenten gekommen. Caro-Marie war begeistert. Sie hatte vorher noch ein paar Flyer aufgehängt und wir alle hatten Werbung bei Kommilitoninnen gemacht, aber mit so vielen Zuschauern hatte gerade in den Semesterferien niemand gerechnet.

»Ich habe eine E-Mail von Zimmermanns Assistentin bekommen«, sagte Caro-Marie, nachdem sie sich unsere Aufmerksamkeit erwunken hatte. »Er kann nicht persönlich dabei sein, aber eine Angestellte aus dem Fachbereich Sport wird uns vorstellen. Vera Paulsen. Kennt ihr die?«, fragte Caro-Marie Elinor und Marianne.

»Vom Sehen. Scheint ganz okay zu sein.«

»Gut dann… .« Caro-Marie stoppte mitten im Satz. Sie fing an, zu strahlen. Dann begann sie, jemandem enthusiastisch zuzuwinken. Ich lies meine Augen Caro-Maries Blick folgen. Ich hatte da so eine Idee, welcher Sturm wohl gerade auf uns zukam.

Zwei Männer betraten die Aula. Ansehnlich. Ja, wirklich ganz ansehnlich. Sie waren beide um die Mitte dreißig und beide vielleicht 1,85 m groß. Einer der beiden erwiderte mit einem noch viel größeren Enthusiasmus Caro-Maries Winken, beschleunigte sein Tempo und umarmte Caro-Marie herzlich. Damit war dann wohl geklärt, wer von den beiden wer war.

»Squad, darf ich euch meinen Cousin Christian Bingle vorstellen. Squad, das ist Christian. Christian, das ist mein Squad: Isabell, Jana, Kitty, Lydia, Elinor und Marianne. Sechs Mädchen, die die letzten Tage über wirklich alles gegeben haben, um euch beiden heute den Atem zu rauben.«

»Daran haben wir auch nicht den geringsten Zweifel«, antwortete Christian gleich.

Wow. Ich hatte selten einen Menschen gesehen, der gleich beim ersten Kennenlernen so viel Optimismus und gute Laune versprühte wie Christian. Das war ansteckend.

Vom Aussehen her war Christian sehr schlank. Er hatte leicht rötlich angehauchte blonde Haare und genau die Art von blauen Augen, die dich sofort einladen, ihnen ohne Vorbehalt dein vollstes Vertrauen zu schenken. Christians Kleidung passte zum Typ. Er trug ein helles Polohemd mit einem weinroten Logo und eine dazu passende, ziemlich sportlich geschnittene Businesshose. Als wir ihn begrüßten, war gleich klar, dass wir uns alle mit dem Vornamen anreden würden und … und hey! Flammte da ein Blitz durch den Raum, als Christian und Jana sich die Hand gaben?

Schließlich wurden wir der zweiten Person vorgestellt. Christians gutem Freund Darian Wilhelmson, dem Finanzvorstand der Pemley Bank.

Sofern man auf so Typen stand, war Darian irgendwie irgendwo attraktiv; und vorzeigen konnte man den Kerl auch, ohne jetzt gleich die Leute zu erschrecken. Allerdings unterschied sich Darian dann doch sehr von Christian. Verwechslungsgefahr bestand definitiv keine. So musste man sich zum Beispiel nur wenig Gedanken über Darians Haarfarbe machen, denn allzu viele Haare waren da nicht mehr auf seinem Kopf zu finden. Und das, was seitlich noch übrig geblieben war, machte wahrscheinlich regelmäßig Bekanntschaft mit dem Rasierer. Ganz im Gegensatz zu Darians Gesicht, denn Darian trug mit männlichem Stolz einen zugegebenermaßen cool gepflegten 3-Tage-Bart. Auch der Duft seines Aftershaves war nicht zu verachten. Richtig gut sogar. Nicht so aufdringlich.

Anders als Christian war Darian sehr formell gekleidet. Er trug einen anthrazitfarbenen Anzug im strengsten Businesslook mit blauer Krawatte. Das wirkte sogar hier in der durchgestylten Universitätsaula leicht übertrieben, aber es passte zu Darian. Das war sein Stil; und voll okay. Immerhin hatte Darian ja ganz offensichtlich auch kein Problem damit, dass Christian viel lockerer gekleidet zu dem Termin erschienen war als er. Als Christians Chef hätte Darian ihm unter Garantie Vorschriften machen können. Hatte er aber nicht getan.

Was mir bei Darian erst auf den zweiten Blick auffiel und womit ich wirklich nicht gerechnet hatte, war, dass soweit ich das erkennen konnte, ein ziemlich gut durchtrainierter Körper unter dem teuren Anzug verborgen war. Ich tippte auf zwei- bis dreimal Fitnessstudio die Woche. Auch fand ich es ziemlich ungewöhnlich, dass statt des erwarteten wohl gefalteten Taschentuchs eine sportliche Sonnenbrille – unten rahmenlos – in der Tasche seines Sakkos hing. Das war richtig cool.

Wobei cool…? Nein! Cool ist dann doch anders. Denn während uns Darian zwar zugegebenermaßen freundlich aber unglaublich wortkarg begrüßte, versprühte er den erregenden Charme eines korrekt formatierten Telefonbuchs. Und als Darian schließlich mir die Hand gab, da spürte ich so etwas wie einen doppelt-gedopten Schlafimpuls durch meinen Körper jagen – oder eher schleichen. Und nicht einmal Lydia schaffte es, ihm auch nur eine winzige Spur an Emotion aus dem Gesicht zu locken. Das war schräg, denn sogar Präsident Zimmermann hatte seine Augen für einen kleinen Augenblick nicht mehr unter Kontrolle gehabt, als Lydia vor knapp zwei Wochen ebenso knapp verhüllt in sein Büro gerumpelt war.

Also war meine Vorahnung, dass Finanzvorstände zu den langweiligsten Menschen auf diesem Planeten gehörten, mit allgemein anerkannter Gewissheit bestätigt. Der Keller, in den Darian Wilhelmson zum Lachen ging, der schwebte schon wieder 10 Kilometer über Neuseeland.

••••

Dann ging alles sehr, sehr schnell. Die Angestellte des Fachbereichs Sport betrat die Bühne und kündigte uns an. Wir gingen hoch und stellten uns in der vereinbarten Startformation auf. Nachdem das Licht im Zuschauerbereich gedimmt worden war und die ersten Takte der Musik erklangen, legten wir los.

Es lief super. Vom Schwerpunkt her hatte Caro-Marie eine Dance-Choreografie mit uns einstudiert. Wie geplant tanzte Lydia – flankiert von Caro-Marie und Jana – in der ersten Reihe. Kitty, Elinor, Marianne und ich bildeten das Quartett dahinter. Kitty und ich in der Mitte. Elinor und Marianne außen.

Für den Abschluss war noch ein kleiner Stunt, ein 'Stand' geplant. Kitty hatte sich den noch nicht zugetraut, also tanzte ich mich zusammen mit Elinor und Marianne nach vorne in die erste Reihe. Dort stieg ich mit Kittys Hilfe auf die Oberschenkel von Elinor und Marianne und stand dann mehr als einen halben Meter über dem Boden.

»Vertraust du uns?«, flüsterte mir auf einmal Marianne zu.

»Klar«, antwortete ich und spürte, wie Elinor und Marianne mit je einer ihrer Hände meine Taille fixierten, mich hochhoben und mich langsam nach vorne kippten. Schließlich schwebte ich in einem Winkel von vielleicht 30° einen guten Meter über der Tanzfläche. Instinktiv breitete ich meine Arme aus und winkelte sie leicht schräg nach hinten. Das Gefühl von Schwerelosigkeit war umwerfend und Spider-Man wäre unter Garantie so was von neidisch auf mich gewesen. Na ja, oder vielleicht eher Mary-Jane.

»Prima. Klasse Balance!«, sagte Elinor.

Wir hielten die Position bis zum Ende der Musik. Sogar noch ein paar Sekunden länger. Dann aber standen auch schon Caro-Marie und Jana neben mir. Caro-Marie gab ein Kommando und beide halfen Elinor und Marianne, mich wieder abzusetzen. »Alles cool. Nur sollten wir später kurz drüber reden«, sagte Caro-Marie dabei.

Nachdem ich wieder mit beiden Füßen auf der Tanzfläche stand, liefen wir nach vorne zum Rand der Bühne. Wir stellten uns in einer Reihe auf und fassten uns an den Händen. Stille. Dunkelheit. Aber als schließlich wieder das Licht anging, da … Applaus! Ich fasste es nicht. Vierzig Studenten signalisierten uns lautstark, dass ihnen das Tryout gefallen hatte.

Ich schaute zu Caro-Marie, die neben mir stand. Sie strahlte. Und auch mir ging es so unglaublich gut.

• • • •

»Ihr alle wart so umwerfend. So wahnsinnig gut. Du bist die Beste«, sagte Christian, während er Caro-Marie das zweite Mal an diesem Tag umarmte und von diesem Moment an nur noch in Superlativen über das sprach, was er und Darian da eben auf der Bühne gesehen hatten. Anschließend gratulierte er noch einmal jeder Einzelnen von uns. Jana zuletzt, und danach unterhielten sich die beiden erst einmal für eine ganze Weile.

Auch Darian nickte uns wohlwollend zu. Ich wertete diese für ihn garantiert hyper-anstrengende emotionale Geste als Superlob. Und vielleicht konnte ich ja sogar eine mikroskopisch kleine Gefühlsregung in seinem Gesicht erkennen. Hatte einem seiner Bartstoppeln die Sache dann vielleicht doch so richtig gut gefallen?

Schnell aber setzte Darian wieder seinen distanzierten Businessblick auf und ging zu Caro-Marie. Die beiden unterhielten sich für einen Moment und als Caro-Marie nur einen Augenblick später freudig auf- und absprang, wusste ich, dass wir das Sponsoring und das Vertrauen der Pemley Bank gewonnen hatten.

Caro-Marie winkte uns herbei. Sie schnappte sich auch Jana, die sich immer noch mit Christian unterhielt, und wir alle umarmten uns. Yay! Wir hatten es geschafft.

Anschließend machte Christian noch einmal fröhlich gratulierend die Runde und versank danach wieder im Gespräch mit Jana. Hmm, schien Methode zu haben.

●●●●

Wir waren erledigt, aber es ging uns gut. Ich schaute mich um. Während ich mit einer Trinkflasche in der Hand an einer Seitenwand lehnte und mich ausruhte, verabschiedete sich Caro-Marie persönlich von jedem Zuschauer. Derweil flirtete Lydia mit ein paar Kerlen, weshalb Kitty mit einer nicht zu übersehenden

Verzweiflung die Augen verdrehte. Als Lydias Roomie hatte sie wahrscheinlich schon die eine oder andere Eskapade mitbekommen.

Jana, Elinor und Marianne standen auf der Bühne. Jana hatte tatsächlich noch die Energie gehabt, Elinor und Marianne nach ein paar Ballettmoves zu fragen, die die beiden gut gelaunt vorführten. Das sah klasse aus. So federleicht. Was waren das doch nur für Penner, die die beiden wegen ein paar Zentimetern aus der Akademie geworfen hatten.

Und ich? Ich war wirklich erschöpft. Nur noch müde. Anstand hin oder her, ich setzte mich schließlich einfach auf den Boden, lehnte mich mit meinem Rücken an eine Wand an und träumte vor mich hin. Es würde schon niemand über mich stolpern.

»Mensch, Dary. Mach doch nicht so ein Gesicht. Das ist doch alles super gelaufen. Caro-Maries Team ist fantastisch. Die werden genau die Zielgruppe ansprechen, auf die wir uns jetzt konzentrieren möchten«, hörte ich auf einmal Christian zu Darian sagen.

Die beiden standen neben mir und … und nein! Nicht wirklich! Die beiden standen in Wahrheit weit entfernt von mir, aber trotzdem konnte ich jedes Wort verstehen, das sie sprachen. Jetzt bekam ich also live mit, was es mit der viel gelobten Akustik der Aula B1 auf sich hatte.

»Du kennst mich doch, Christian«, antwortete Darian. »Mich langweilen Veranstaltungen dieser Art nun einmal so unendlich.«

»Du langweilst dich, mein Freund? Die Show, die die Mädchen hier gerade abgezogen haben, die war doch nicht langweilig. Die war unglaublich.«

»Das mag ja alles sein. Aber dieses Rumgehüpfe mit dem Fokus auf die Pom-Poms der Damen. Das kann doch niemand ernst nehmen.«

»Jetzt klingst du wirklich so, als ob es eine Qual für dich ist, hier zu sein. Tu dir das bitte nicht an, Dary«, sagte Christian. Er versuchte, immer noch aufmunternd zu klingen, aber es war klar, dass er sich Sorgen um seinen Freund machte.

»Es ist ganz einfach nicht mein Stil, und über diesen verfügen die Damen ja auch nicht. Und auch wenn ich Caro-Marie von meiner nächsten Bemerkung ausdrücklich ausschließe, aber so richtig attraktiv ist doch keines der Mädchen.«

Was? Und du? Vielleicht sollte der Spiegel, in den du jeden Morgen schaust, dir endlich mal die Wahrheit sagen, dachte ich und wurde sauer.

»Darian. So etwas darfst du doch nicht sagen. So eine Bemerkung macht man nicht. Das ist furchtbar verletzend«, sagte Christian und klang jetzt nur noch ernst. »Außerdem entspricht es nun einmal wirklich nicht der Wahrheit. Das musst sogar du zugeben.«

»Du hast ja recht. Mit allem. Es tut mir leid«, antwortete Darian mit einem Hauch von echter Reue in seiner Stimme. »Außerdem. Ja. Die Kleine…«

»Isabell?«, fragte Christian.

Okay, jetzt wird es aber interessant!

»Ja, Isabell Bennede. Die sieht ganz passabel aus…«

Passabel! Was bist du denn für eine Dumpfbacke?

»…ihre grünen Augen, die haben etwas an sich. Allerdings kann ich nicht genau sagen, was. Das finde ich ziemlich verwirrend…«

Und ich finde es cool, dass auch du nicht alles weißt.

»…das sieht extrem ungewöhnlich aus. Nicht alltäglich. Und die viele Mühe, die sich Isabell ganz offensichtlich gemacht hat, um die Länge ihrer Haare mit dieser Unzahl an kleinen hereingeflochtenen Schleifchen zu bändigen, die finde ich bemerkenswert – wenn auch in der Summe eine Spur zu infantil.«

»Infantil? Dafür gibt es doch unter Garantie gepflegtere Ausdrücke, mein Freund«, sagte Christian und signalisierte mit dem Schütteln seines Kopfes, dass er nicht gerade begeistert von dem war, was Darian immer noch von sich gab.

»Dann eben verspielt. Nett verspielt. Es steht ihr ja vielleicht auch … es sieht gut aus.«

»Siehst du, das klingt doch schon viel besser.«

Ja, da gebe ich den beiden Herren mal recht! Ein bisschen verspielt zu sein, ist immer gut!

»Außerdem ist Isabell für ihre Größe erstaunlich wohl proportioniert.«

Wo … wa … Was denkt sich der Kerl?

»Dary?!«

»Nein. Wirklich. Isabell ist an genau den richtigen Stellen mit recht ansehnlichen Rundungen ausgestattet. Allerdings ist tragischerweise damit zu rechnen, dass wenn sie jetzt trainingsbedingt mehr Muskelmasse aufbaut, am Ende genau das, was Männer im Moment vielleicht noch anziehend an ihr finden könnten, dahinschrumpfen und für immer verschwinden wird.«

»Ich denke, mein Freund, das wirklich Tragische ist, dass das eben das mit Abstand größte Kompliment war, dass du während der letzten zwei Jahre einer Frau gemacht hast. Trotzdem sollten wir noch ein bisschen üben.«

Kompliment? Hey Leute, hört mal! Dieser sprechende Affe da drüben hat mir eben ein nettes Kompliment gemacht. Ja, da geht es mir doch gleich viel besser.

Alles in mir kochte hoch. Ich meine, es ging hier um *meinen* Körper. Da hatte gerade Darian nun einmal schlicht und ergreifend nicht das Recht, mich so zu … mich so zu bewerten.

Ich musste etwas tun. Also stellte ich mir vor, wie ich Darian bei unserem nächsten Treffen genüsslich die Augen auskratzen würde. War lustig! Allerdings riet mir meine innere Stimme der Vernunft dann doch recht schnell dazu, Caro-Marie und meinem Studium zuliebe die Nägel von der Sache zu lassen.

Ja, das war alles echt so was von schräg. Nur fragte ich mich auch, was Darian Wilhelmson wohl über eine Frau sagen würde, die er nicht passabel fand.

MEHR ALS NUR NETT, ODER?

••••

Auf dem anschließenden Nachhauseweg war es unmöglich gewesen, mit Jana vernünftig über das Tryout zu reden. Denn ganz egal welches Thema ich auch anschnitt oder welchen Move ich auch erwähnte, es dauerte nie länger als sieben Sekunden, bis Jana das, was ich sagte, in irgend einer Art und Weise mit Christian Bingle in Verbindung brachte und mir von ihm erzählte. Meine Freundin hatte sich verliebt.

»Was hast du eigentlich Christian geantwortet, als er dich nach deiner Motivation gefragt hat, mit dem Cheerleading anzufangen?«, fragte mich Jana, nachdem wir zu Hause angekommen und in unser kleines Zimmer gegangen waren.

»Das hat mich Christian gar nicht gefragt. Die anderen auch nicht, glaube ich«, antwortete ich.

»Oh. Hat er nicht?«

Ich überlegte kurz. Christian Bingle war die ganze Zeit über supergut gelaunt und auch echt wahnsinnig freundlich zu uns allen gewesen, aber in dem ganzen Trubel hatte er dann doch nicht die Zeit gefunden, sich mit jeder einzelnen von uns zu unterhalten. Mit zwei augenscheinlichen Ausnahmen. Wie erwartet hatte er natürlich viel mit Caro-Marie geredet, aber auch in der direkten Nähe von Jana hatte er einiges an Zeit verbracht und sich in Konversation mit ihr geübt. Hey, das klang doch echt vielversprechend!

»Du findest Christian mehr als nur nett, oder?«, rutschte es mir dann auch recht schnell raus; und das rote Aufblühen in Janas Wangen und ihr ausweichender Blick genügten mir erst einmal als Antwort.

»Ja. Da war was zwischen uns ... aber nein. Ich passe auf. Wegen des Sponsorings, meine ich. Ich darf Caro-Marie und dich da nicht reinreiten. Die Leute sollen nicht denken, dass das Squad die Unterstützung nur bekommen hat, weil die Girls 'du weißt schon was' mit sich machen lassen. Nein, das möchte ich nicht. Außerdem ist so jemand wie Christian doch garantiert schon lange in festen Händen. Er war sicher nur so nett zu uns, weil das halt sein Job ist und … und weil er ja auch wirklich so unglaublich nett ist«, seufzte Jana mit einem Blick in den Augen, der mir zu verstehen gab, dass die Sache noch lange nicht ausgestanden war.

»Aber sag mal. Sein Studienfreund. Dary. Der ist doch ein … hmm … ein ziemlich trockenes Hemd, oder?«, wechselte Jana dann schnell das Thema.

Ein ziemlich trockenes Hemd! Okay, diese Formulierung gab mir zu denken. Denn Jana ist die Art von engelhafter Fee, die an wirklich jeder Person etwas Lobenswertes findet und nur in absoluten Extremfällen – und dann auch nur nach reiflicher Überlegung – etwas Schlechtes über einen Menschen sagt. Daher überraschte mich ihr Spruch doch ziemlich.

»Es könnte sein, dass ich bei diesem Thema leicht befangen bin, weil…«, versuchte ich zu antworten.

»Was! Du auch? Das ist so romantisch«, fiel mir Jana gleich super-optimistisch ins Wort. Sie setzte sogar an, mich zu umarmen, aber ich musste ihrem rosaroten Ansatz dann leider schnell einen heftigen Dämpfer verpassen.

»Nein, der Kerl hat nur Brei im Hirn.«

»Oh.«

»Ja, irgendwie schon«, antwortete ich und erzählte Jana von der Unterhaltung zwischen Darian und Christian, die ich mitbekommen hatte. Dabei sah mich Jana von Sekunde zu Sekunde unglücklicher an. Also versicherte ich ihr schnell, dass es wirklich nur Darian gewesen war, der eine arrogante Unverschämtheit nach der anderen losgelassen hatte.

»Christian waren diese taktlosen Sprüche definitiv nicht recht. Da bin ich mir sicher«, versuchte ich meine Freundin weiter zu beruhigen. »Er hat Darian sogar ziemlich getadelt.«

»Ehrlich?«

»Ja. Ganz ehrlich. Christian hat sich wie ein echter Gentleman benommen. Warum also solltest du nicht…?«

Es klopfte an der Tür. »Darf ich reinkommen, ihr Schätzchen?«

»Ja. Ist nicht abgeschlossen«, rief ich und einen Moment später kam meine Mutter in unser Zimmer.

»Ich bin ja so stolz auf euch. Wie ihr das geschafft habt«, sagte sie. »Und macht euch bitte keine Sorgen um euer Karma. Meine Nordsphäre ist zwar überhaupt nicht damit einverstanden, dass ihr euch in die Abhängigkeit von diesen heuchlerischen Kapitalisten begeben habt. Denn die werden von nun an eure Schönheit und eure Reinheit absaugen, nur um ihre Aktionisten zufriedenzustellen, aber…«

»Aber Mama. Die Pemley Bank ist doch gar nicht an der Börse. Die ist eine Privatbank.«

»Das spielt doch keine Rolle, mein Mäuschen«, antwortete meine Mutter in genau dem Tonfall, in dem sie mir damals auch die Sache mit den Bienchen und den Blümchen erklärt hatte. »Trotzdem ist alles in Ordnung, meine Engelchen. Denn die Fröhlichkeit, die ihr beide verbreitet, die wird euch mit einer kristallinen Hülle überziehen. Die wird euch vor der monetären Energie dieser betrügerischen Gewinnsüchtler schützen. Sie wird eure Unschuld leuchten lassen.«

Um eine Sache gleich klarzustellen. Ich liebe meine verrückte Mutter über alles, und auch Jana findet sie toll. Es gibt nämlich nicht viele Eltern, die ihrer Tochter einfach mal so erlauben, eine mittellose Mitstudentin in die Familie aufzunehmen. Und das, ohne irgend eine Art von Gegenleistung zu erwarten.

Mama hat nun einmal diesen leicht anderen Blick auf unsere Welt. Das ist ein Teil von ihr. Jana und ich kommen damit zurecht, auch wenn wir im Satz ihres original atlantischen Kaffees dann doch ganz andere Dinge sehen, als sie. Dass Aquaman die Brühe für einen echten Fake halten würde, zum Beispiel.

Die drei Klatscher von Queens 'We Will Rock You' ertönten. Ich griff zu meinem Smartphone und las die SMS, die Caro-Marie mir geschickt hatte.

> Das Tryout war ein voller Erfolg. Bin so happy. Christian möchte uns alle ins Niederfeld einladen. Kommt ihr auch?

Während meine Mutter mit einer Bemerkung über diesen Strahlekram unser Zimmer verließ, zeigte ich Jana die Nachricht. Da hier zusammenfassend von 'Christian treffen' die Rede war, machte ich mir nicht wirklich die Mühe, Jana zu fragen, ob wir sofort loswollten. Das wäre reine Wortverschwendung gewesen.

• • • •

»Hey, Isabell!«, begrüßte mich eine Stimme, als wir uns der Eingangstür des Niederfeld Cafés näherten.

Ich drehte mich um und sah Charlotte. Charlotte war eine Kommilitonin von mir. Wir kannten uns bereits seit der Grundschule. Am Tag meiner Einschulung war sie bereits in der dritten Klasse gewesen und hatte uns damals durch die Schule geführt. Wir hatten uns dabei ziemlich nett unterhalten und weil sich unsere Eltern kannten, sind wir in Kontakt geblieben. Eine zwei Jahre ältere Freundin zu haben, das war schon was.

Leider liefen danach ein paar Dinge für Charlotte nicht wirklich so, wie ich es mir für sie gewünscht hätte. Unser Abschlussball, zum

Beispiel. Der war ein Desaster. Aber während ich mich kurz nach Mitternacht heulend in den Armen meiner Mutter wiedergefunden hatte, die mir dann erklärte, dass ich den Makel 'verklemmt' jetzt erst einmal mit Stolz tragen sollte, hatte sich Charlotte auf die Sache mit dem Hotelzimmer eingelassen. Und dass nach 2:00 Uhr morgens nichts Gutes mehr passiert, das muss ich euch ja wahrscheinlich nicht erklären.

Nach ihrem Abitur und nach einigem Hin- und Herüberlegen hatte Charlotte ebenfalls ein Jurastudium begonnen. Das kam aber recht schnell ins Stocken. Charlotte ist zwar ein unglaublich lieber Mensch, aber zielstrebiges Lernen ist nicht wirklich ihr Ding. Deshalb sind wir im Moment ungefähr gleich weit im Studium, allerdings gehe ich davon aus, dass ich sie im Laufe des nächsten Semesters überholen werde. Ist schon etwas blöde. Charlotte lässt sich zwar nichts anmerken, aber richtig zufrieden ist sie mit ihrer Studienkarriere an der Uni nicht.

»Seid ihr öfter hier?«, fragte Charlotte schließlich Jana und mich.

»Ja, wir haben vor zwei Wochen als Ferienaushilfen angefangen. Aber heute Abend sind wir zum Feiern hier.«

»Cool. Das freut mich«, antwortete Charlotte. »Bei mir hat es auch noch mit einem Ferienjob geklappt«, erzählte sie uns dann happy. »Mich hat Anfang der Semesterferien der Burger Baron angerufen. Denen ist kurzfristig eine Aushilfe abgesprungen und dann habe ich den Job bekommen. Ab und zu ein bisschen nervig, aber die Kollegen sind echt nett. Also. Bis dann. Wir sehen uns.«

»Ja, wir sehen uns«, antwortete ich und freute mich, dass Charlotte zumindest im Moment ganz glücklich schien.

Zentrale Heterochromie

••••

Schließlich gingen wir in das Café. Ich schaute mich um. Alle anderen vom Squad waren bereits da. Darian und Christian ebenfalls. Giacomo bediente deren Tisch und auch die anderen Gäste.

Okay, so ging das nicht. Wir konnten unseren Chef nicht die ganze Zeit über alleine arbeiten und die Gäste warten lassen. Aber es war Caro-Maries Abend. Es war ihr Erfolg, den wir feierten. Und da Jana bereits mit subtiler Zielstrebigkeit auf den Platz zuging, den ihr Christian wahrscheinlich nur rein zufällig freigehalten hatte, beschloss ich, dass ich am Zug war. Ich lief also schnell nach hinten in die Umkleide, zog die wirklich schicke bronzefarbene Uniform des Niederfeld Cafés an und machte mich an die Arbeit.

Während ich meine Freunde und die anderen Gäste im Café bediente, spürte ich, wie mein wohlproportionierter Körper ununterbrochen von einem Paar Augen verfolgt wurde. Ihr könnt euch denken, wer der Spanner war.

Wahrscheinlich fand es Darian unglaublich faszinierend, einer jungen Frau zuzusehen, die durch echte und vor allem ehrliche Arbeit ihr Geld verdienen musste, um durchs Studium zu kommen. So etwas Banales war ihm wahrscheinlich vollkommen fremd. Ich meine, was musste er als Vorstand schon machen? Ach ja. Folien vorlesen, die ihm eine unterbezahlte Praktikantin erstellt hatte.

Nee, was war Darian doch für ein eingebildeter und mit Vorurteilen zugenagelter Typ.

••••

Als nach ungefähr einer Stunde praktisch keine neuen Gäste mehr in das Café kamen und die, die noch da waren, nur noch sporadisch etwas bestellten, signalisierte mir Giacomo, dass ich jetzt zu meinen Freunden gehen könnte. Das tat ich auch und ... und klasse! Dreimal dürft ihr raten, welcher Platz noch frei war. Ja, ganz genau. Der direkt gegenüber von Darian. Also konnte der Kerl jetzt aus nächster Nähe den Körper des kleinen wohluniformierten Dienstmädchens begutachten. An Flucht vor diesem Stalker war nicht zu denken.

Aber ich hatte Glück im Unglück, denn gerade als mich Darian ansprechen und garantiert wieder beleidigen wollte, begann Christian damit, ein paar echt interessante Anekdoten zu erzählen.

»Nein. Wirklich. Das müsst ihr gesehen haben. Das ist so retro-klassisch«, sagte er in einem Tonfall, der liebevolle Ironie mit ehrlicher Anerkennung verband. »Die Regale in Darians Wohn- und Arbeitszimmer sind alle vollgepackt mit echten Büchern, DVDs und Blu-Rays. Da stehen sogar noch ein paar von diesen antiken CDs rum.«

»Und du liest Comics? Die mit den schicken Superheldinnen?«, fragte Kitty frech.

»Auch«, lachte Christian, öffnete seinen schwarzen Lederkoffer und legte ein hyperflaches Android-Tablet auf den Tisch. »Das hier ist meine Welt. Die Welt des Streamings. Ich meine, wenn ich schon Geld für Inhalte bezahle, dann möchte ich mir doch keine Sorgen mehr darüber machen, wo ich das alles hinstelle und auf welcher Festplatte ich die Back-ups gespeichert habe.«

Ich schaute zu Darian. War er beleidigt? Nein. Überhaupt nicht. Er schmunzelte. Und ich wurde neugierig und hoffte, dass Christian weiterreden würde. Ich wollte unbedingt wissen, was es sonst noch so über den Gaffer von Wilhelmson zu berichten gab.

»Und wie kommt ihr beide im Job zurecht?«, fragte Caro-Marie und eilte mir damit unaufgefordert zu Hilfe.

Christian zögerte für einen Moment, aber nach einer verschmitzt einladenden Geste von Darian machte er weiter.

»Also, ihr müsst wissen, dass alles, was Darian schreibt, ein Wunder an Struktur ist. Seine E-Mails, seine Geschäftsbriefe und seine Protokolle sind immer so messerscharf formuliert, dass man mit ihnen einen Diamanten in Scheiben zerlegen könnte. Darian kommt auf den Punkt und sagt, was er will. Kristallklar. Wegen eventueller Missverständnisse kann sich da später niemand herausreden. Und seine Vorträge und Präsentationen. Klasse. Die sind ganz große Klasse. Roter Faden vom Anfang bis zum Schluss. Darian holt sein Publikum ab und lässt es immer ganz genau wissen, welchen Aspekt er gerade beleuchtet. So muss es sein. Aber das ist noch nicht einmal der größte Hammer. Die große Sensation ist nämlich, dass Darian die Dinger selbst schreibt. Das Einzige, worum er dann andere bittet, ist noch einmal die Rechtschreibung zu prüfen.«

»Das ist gemein. Die Texte sind doch garantiert fehlerfrei«, lachte Caro-Marie.

»Auch ich bin nicht perfekt«, antwortete Darian und klang dabei für einen Augenblick überraschend ernst.

»Wieso glaube ich dir das nicht so richtig?«

»Lass es mich mal so ausdrücken«, übernahm Christian wieder das Wort und schaute erst Caro-Marie und dann uns alle an. »Vielleicht sind Darians Texte und Vorträge letzten Endes so perfekt, dass ihn das schon wieder … nun ja … imperfekt erscheinen lässt …?«

»Du kannst es ruhig beim Namen nennen, Christian«, antwortete Darian. »Ich bin Finanzvorstand. Die Vorträge, die ich halte, die müssen staubtrocken sein. Sonst verwirre ich das Publikum. Wenn nicht mindestens drei Leute in jeder Zuschauerreihe gähnend der Meinung sind, dass ich zum Lachen in den tiefen Keller gehe, dann mache ich meinen Job nicht richtig. Aber aus genau diesem Grund leisten wir uns ja unser Marketing.

Denn ihr könnt euch sicher denken, dass auch wenn die Zuhörer bei Christians Präsentationen ab und zu nicht mehr ganz so genau wissen, wo es gerade langgeht, dann sind sie doch am Ende immer vollkommen begeistert und stimmen jedem seiner Vorschläge zu.«

»Deinen aber auch, mein Freund. Da wurde bisher noch nichts abgelehnt«, sagte Christian und schaute glücklich in die Runde.

»Also ergänzt ihr beide euch ziemlich gut?«, fragte ich Darian.

»Ja, ohne Christian gäbe es vielleicht mal ab und zu etwas weniger Verwirrung im Saal, aber wir hätten viel zu viel Staub angesetzt.«

»Und ohne Darian hätte ich vielleicht etwas mehr Spaß in meinem Job, aber ich wäre auch viel zu oft ziellos gegen eine Wand gerannt. Also, auf meinen besten Freund, ohne den ich niemals über das sechste Semester hinausgekommen wäre«, sagte Christian und hob sein Glas. Darian stieß an und lächelte dabei sogar für einen Moment. Vollkommen ehrlich und aus dem Herzen kommend. Nicht gespielt. Ja, die beiden schienen wirklich sehr gute und sich trotz all ihrer Gegensätze ideal ergänzende Freunde zu sein.

Das Geräusch der sich öffnenden Eingangstür lenkte mich für einen Moment ab. *Zum Glück*, dachte ich, denn sonst hätte ich mir vielleicht noch ernsthaft Gedanken darüber gemacht, ob Darian vielleicht doch eine nette Seite hat. Aber, hmm. Die Schritte der Person, die gerade das Café betrat, kamen mir bekannt vor. Ich blickte zur Seite und sah meine Mutter. Sie stattete uns einen Besuch ab.

Sie begrüßte zwar Jana und mich mit einem für ihre Verhältnisse schon sehr unaufdringlichen Zuwinken, aber als sie sich an die Theke setzte und Giacomo gleich mit dem Vornamen ansprach, erzählte sie ihm nicht gerade überhörbar, dass sie sich jetzt einmal den Ort ansehen wollte, an dem ihre Mäuschen für gute Laune sorgten. Leider kam sie dabei ziemlich in Fahrt.

»Ja, und statt auf vegane Schweinebäuche zu wetten, sollten diese kapitalen Ausbeuter endlich einmal damit beginnen, das zu erforschen, was uns jeden Morgen aufs Neue gegeben wird. Aber meine Mädchen werden das schon richten. Die werden diese Kerle ganz schnell zur Vernunft bringen«, erklärte meine Mutter Giacomo. Anschließend schnappte sie sich die Tasse Kaffee, die neben ihm stand, und trank sie aus. Als sie gleich danach auch noch damit beginnen wollte, ihn in seine gesetzte Zukunft blicken zu lassen, nahm ihr Giacomo gleichermaßen geistesgegenwärtig wie liebevoll die Tasse wieder aus der Hand, bereitete ihr ruck-zuck einen großen Latte aufs Haus zu und führte sie zu einem Tisch in der hinteren Ecke des Cafés. Geschafft. Sie war außer Hörweite. *Danke, Giacomo*, dachte ich, als er mir zuzwinkerte.

Einen Augenblick lang herrschte vollkommene Stille bei uns am Tisch, aber wenigstens taten danach alle so, als ob sie nichts mitbekommen hätten. Auch Darian, der mich weiterhin mit anhaltender Neugierde musterte, schien von der Show, die meine Mutter hier gerade abgezogen hatte, vollkommen unbeeindruckt zu sein.

»Also bist du perfekt, aber staubtrocken?«, hörte ich mich auf einmal Darian ohne jede Vorwarnung fragen. Ich brauchte Ablenkung und knüpfte wahrscheinlich deshalb einfach wieder an das Gespräch von vorhin an.

Für einen Moment war mir meine leicht taktlose Frage vielleicht sogar etwas peinlich gewesen, aber Darians Augen signalisierten mir sehr schnell, dass er sich nicht angegriffen fühlte.

Das Gegenteil schien viel eher der Fall zu sein, denn jetzt hatte ich ihm ja die Erlaubnis gegeben, sich weiter mit mir zu unterhalten und dem kleinen passablen Mädchen später auch noch ein paar wohlgedingste Fragen stellen zu dürfen.

»Wenn du mit 'perfekt' 'frei von Fehlern' meinst«, antwortete Darian schließlich, »dann bin ich das ganz sicher nicht. Wenn du aber mit deiner Frage darauf anspielst, wie Christian und ich uns trotz unserer offensichtlichen Gegensätze im Beruf ergänzen, dann wirst du zugeben müssen, dass zumindest diese Harmonie eine Art von wahrer Perfektion darstellt.«

»Und ansonsten bist du…?«

»Ansonsten bin ich weder perfekt noch frei von Fehlern. Aber macht nicht genau das den Reiz aus? Sind es nicht diese kleinen Unvollkommenheiten, die uns interessant erscheinen lassen.«

»So wie?«, fragte ich und bereute sofort, Darian gleich wieder eine Quasselvorlage geliefert zu haben.

»Ich denke da zum Beispiel an deine smaragdgrünen Augen.«

»Was? An meine Augen.«

»Ja. Die Farbe an sich ist schon sehr ungewöhnlich, aber dann leuchten sie noch mit diesem scharfen Kontrast. Ich kann mich nicht erinnern, so etwas schon einmal gesehen zu haben.«

»Zentrale Heterochromie«, antwortete ich.

Darian schwieg und sah mich fragend an. Yay! Es gab also etwas, das auch er nicht wusste. Etwas, das *ich* ihm erklären konnte.

»Ich habe zwei Augenfarben. Der äußere Ring meiner Iris ist schwarz und der innere grün.«

»Also hatte ich recht. Wärst du gewöhnlich, dann hätte ich eben nichts gelernt«, antwortete Darian zugegebenermaßen etwas beeindruckt. Nur gab er anschließend immer noch keine Ruhe. Seine Augen musterten mich weiterhin. Sie tasteten meiner Körper ab.

»Du scheinst noch eine Frage zu haben?«, ging ich in die kontrollierte Offensive.

»Wenn wir uns schon im Farbspektrum bewegen, deine Haare sind…?«

»Blauschwarz. Sie haben einen blauen Schimmer und leuchten dadurch scheinbar dunkler als reines Schwarz. So hat mir das unser Kunstlehrer mal erklärt. Ist von der Farbphysik her zwar Quatsch, aber unser Verstand nimmt es so wahr. Er lässt sich täuschen…«

»…und lässt sich bereitwillig von deiner fehlerbehafteten Perfektion verzaubern. Das kann sehr interessante Konsequenzen nach sich ziehen.«

»Konsequenzen?«

»Ja. Dein Gegenüber wird sich immer überlegen müssen, ob es dich als eine Bedrohung wahrnehmen soll oder als ein Mysterium, das es zu erforschen gilt.«

Ich konnte erst einmal keinen Ton mehr hervorbringen. Darian hatte es eben tatsächlich geschafft, mich vollkommen sprachlos zu machen. Mir fiel nichts mehr ein.

Stattdessen umgriff meine rechte Hand mein Glas Bitter Lemon noch eine Spur fester und ich überlegte, ob ich Darian den Inhalt ins Gesicht kippen sollte. Aber nee, besser nicht. Dann würden die Leute ja am Ende noch denken, dass wir was miteinander hätten.

»Natürlich solltest du dich niemals in die Opferrolle begeben«, redete Darian ungeniert weiter. »Ergreife die Kontrolle. Setze genau diese Teile deines Körpers ein, wenn du einmal als Juristin arbeitest und erfolgreich sein möchtest. Erschrecke dein Gegenüber und wickle es dann verführerisch um den Finger. Dann gewinnst du jedes Plädoyer. Jeden Fall.«

»Das war jetzt aber…«, sagte ich und beschloss, dass es mir nun egal war, was die Leute denken würden. Bye-bye Bitter Lemon…

»Das war jetzt aber ein Beispiel dafür, weshalb wir in ausgewählten Momenten dann doch den staubtrockenen Dary bevorzugen«, hörte ich auf einmal Christian sagen.

Das wirkte. Mein Glas wanderte im letzten Augenblick wieder auf den Tisch zurück und ich verkniff mir sogar ein provokantes Klacken.

»Entschuldigung. Entschuldige bitte, Isabell. Es tut mir wirklich leid«, sagte Darian. »Meine Kommentare eben waren nicht akzeptabel. Ich wollte dich nicht mit Zweideutigkeiten beleidigen. Dass du später als Juristin einmal gut … exzellent sein wirst, daran habe ich nicht den geringsten Zweifel. Na ja, ich habe deine Vita gelesen, aber…«

Darian zögerte. Ich signalisierte ihm, dass er weitermachen könnte.

»…aber es wird leider immer wieder Menschen geben, die dich aufgrund von Äußerlichkeiten in eine Schublade stecken möchten. Aus purem Eigennutz. Lasse das nicht zu. Sonst gibst du diesen Personen unglaublich viel Macht über dich. Stehe zu dem, was dich besonders macht. Verwirre deine Kontrahenten für einen ganz kleinen Augenblick und nagle sie dann mit deiner Kompetenz an die Wand.«

Ich hatte ehrlich gesagt nicht die geringste Ahnung, was ich von dem Gerede von Darian halten sollte. Immerhin hatte er mir ja gerade mit seinen arroganten Ratschlägen zur Prostitution geraten.

Was ich aber merkte, war, dass mich Caro-Marie, Jana und Christian mittlerweile ziemlich nervös ansahen. Sie hatten ganz klar Angst, dass die Situation eskalieren und ich eine Szene machen könnte. Aber das stand mir nicht zu. Das wollte ich auch gar nicht, denn damit hätte ich Caro-Marie und den anderen den Abend verdorben.

Ich antwortete Darian deshalb, dass ich später einmal aufpassen und mir seinen Vorschlag zu Herzen nehmen würde. Ich sprach freundlich und ließ dabei sogar etwas aufrichtig gemeinte Dankbarkeit mit in meine Stimme einfließen.

Anschließend schaltete ich auf netten, belanglosen Small Talk. Darian spielte das Spiel mit. Wie ein echter Gentleman. Wir ergänzten uns und gingen als Freunde.

MEIN COUSIN, HERR COLLINS

••••

»Mäuschen. Das habe ich euch ja noch gar nicht erzählt«, rief meine Mutter uns zu, nachdem Jana und ich wieder zu Hause angekommen waren. Sie hatte einen Brief in der Hand und wedelte mit ihm vor meiner Nase herum.

»Was denn, Mama?«, fragte ich und ging in Deckung. Schnittwunden durch Briefpapier machen sich nicht gut im Gesicht.

»Also ich weiß ja, dass ich nachdem uns dein Vater…«

…nachdem uns Papa wegen zwei junger Silikonmöpse hat sitzen lassen…

»…nachdem sich dein Vater auf die Suche begeben hat, habe ich mich vielleicht nicht immer korrekt verhalten, wenn es darum ging, den Kontakt zu deiner Tante Patricia aufrecht zu halten. Ach Mäuschen, du weißt wahrscheinlich nicht einmal, von wem ich gerade spreche.«

»Doch. Ein bisschen. Sie war wesentlich älter als Papa, oder? Und sie war eigentlich immer richtig nett zu mir, auch wenn wir uns nicht wirklich viel zu erzählen hatten«, antwortete ich.

»Das ist alles meine Schuld. Ich hätte…«

»Mama, ist Tante Patricia etwa…?«

»Nein, Schatz. Sie ist kerngesund. Das jedenfalls hat mir ihr Sohn berichtet.«

»Ihr Sohn? Ja stimmt! Ich habe ja noch einen Cousin. Der ist aber so um die zehn Jahre älter als ich, oder?«

»Vierzehn. Michael ist 37. Denke ich jedenfalls. Ich habe ihn ja auch schon so lange nicht mehr gesehen. Das letzte Mal, da war er noch in der Schule. Irgendwann ist er nach Hamburg gezogen. Aber jetzt hat er sich wieder bei uns gemeldet«, sagte meine Mutter mit einem nicht zu überhörenden Enthusiasmus in ihrer Stimme. Dann drückte sie mir einen Brief in die Hand. Jana und ich begannen, ihn zu lesen.

Meine Liebste Tante,

bitte erschrecke Dich nicht. Dies ist nicht der Brief, den Du fürchten musst. Meine wunderbare Mutter, Patricia, erfreut sich bester Gesundheit. Ich schreibe Dir vielmehr wegen der Kluft, die sich durch das verantwortungslose Verhalten meines Onkels zwischen unseren Familien aufgeschüttet hat.

Ich verstehe natürlich, dass dies die ohnehin nur gesetzlich angetrauten Bande zwischen meiner wundervollen Mutter und Dir zerrissen hat. Aber lasse mich Dir versichern, dass wann immer meine Mutter über Dich gesprochen hat, dann hat sie dies nur mit dem größten Lob für Dich und Deine schwierige Situation als alleinerziehende Mutter einer mit Sicherheit wundervollen Tochter getan. Es gibt keinerlei Groll. Nicht das geringste Stäubchen.

Aber ungeachtet des Formellen ist es dennoch so bedauerlich, wie wir uns aus den Augen verloren haben. Nun aber tut sich für uns eine Chance auf. Eine Türe wurde geöffnet.

Wie Du sicherlich weißt, habe ich mich nach meinem Abitur den Rechtswissenschaften zugewandt und diese in Hamburg und Southampton studiert. Dort, in der

Heimat meines strahlenden Vaters, war es mir nach meinem Abschluss vergönnt, für die ehrenwerten wirtschafts- und umweltgetriebenen Solicitoren von Woodslaughter & Son zu arbeiten.

Und nun, nach zehn Jahren der Herausforderung und vieler gewonnener Schlachten, werde ich meine Berufung in den Dienst einer Frankfurter Kanzlei stellen, deren Namen ich noch nicht nennen darf, gegen die aber alles andere auf dieser Welt erblasst.

Sehr gerne würde ich all dies nutzen, um unsere familiären Bände wieder zu verflechten.

Aufgrund des Zustands meiner sich im Moment noch in der Renovierung befindlichen Eigentumswohnung würde ich mich glücklich schätzen, mich bei Dir aufwarten zu dürfen.

Mit großer Vorfreude und in Herbeisehnung eines Terminvorschlags.

Dein, Michael Panhampton Collins

»Dein Cousin scheint ja wirklich sehr zuvorkommend zu sein«, sagte Jana, nachdem wir beide mit einer unglaublichen Faszination den Brief gelesen hatten.

»Und vielleicht auch einen an der Waffel zu haben. Aber ich kann nicht leugnen, dass ich jetzt so richtig neugierig auf ihn geworden bin«, antwortete ich.

»Dann ist also auch er ein Marketinggenie«, lachte Jana.

»Nun, wenn meine Mäuschen nichts dagegen haben?«, sagte meine Mutter schließlich und schaute uns dabei fast bittend an.

»Ja. Na klar. Natürlich. Auf jeden Fall. Lade ihn ein. Bitte. Das wird sicher interessant. Er wird mir schon keinen Antrag machen.«

Yay!

Ein Angebot, das ich (nicht) ablehnen will

....

»Meine liebe Tante, lass mich dich umarmen«, begrüßte mein Cousin Mr. Michael Panhampton Collins meine Mutter, als er bereits wenige Tage später bei uns vor der Türe stand. »Du hast dich wirklich überhaupt nicht verändert.«

Ich sah Mr. Collins an und suchte nach Ähnlichkeiten zwischen ihm und mir. Aber ich fand keine. Auch gab es nichts, das mich an meinen Vater erinnert hätte.

Mr. Collins war recht groß. Vielleicht 1,78 m. Er hatte volle schwarze Haare, in die sich erste graue Schimmer hereinmischten, und eine Frisur, die mich irgendwie an die von George W. Bush erinnerte. Michaels Augen waren strahleblau. Er trug keine Brille, aber ich war mir sicher, einen winzigen dunklen Rand um seine Iris erkennen zu können. Der kam wahrscheinlich von Kontaktlinsen.

Alles in allem war Mr. Collins also weder unattraktiv noch attraktiv. Er war von der Optik her ganz einfach vollkommen normal. So normal, und in gewisser Art und Weise auch so makellos, dass Darian – Mist, warum musste ich ausgerechnet in meiner Freizeit an diesen Affen denken! – ihn wahrscheinlich einfach nur langweilig gefunden hätte. Aber gut. Echt egal. Denn das, was Mr. Collins an optischen Ecken und Kanten vermissen ließ, glich er durch ein Höchstmaß an Höflichkeit wieder aus.

»Lass mich nun dich ansehen, meine allerliebste Cousine«, sagte er als Nächstes, während sein Blick recht unsicher zwischen Jana und mir hin- und herpendelte.

Ich gab mich schließlich zu erkennen. Ihn noch weiter zappeln zu lassen, wäre wirklich nicht nett gewesen.

»Natürlich, Isabell. Bitte verzeih mir. Es ist ja 15 Jahre her, dass wir beide uns das letzte Mal gesehen haben. Und du hast dich natürlich ziemlich verändert.«

Während mich Mr. Collins dann ebenfalls umarmte und dabei leicht in die Knie ging, hatte ich das Gefühl, dass er immer noch eine Achtjährige in mir sah, denn sonst hätte er definitiv nicht diesen Quietschetonfall aufgesetzt. Aber gut. Es kann auch von Vorteil sein, wenn man von jemandem erst einmal nicht ernst genommen wird.

Zum Schluss gab er noch Jana die Hand und ich konnte an dem subtilen Runzeln seiner Stirn erkennen, dass er sie so gar nicht einordnen konnte. Immerhin stellte er sich ihr gleich ganz locker mit seinem Vornamen vor, weshalb ich ihn ab sofort auch nur noch Michael nennen werde. Ist dann doch einfacher.

•••

Keine zehn Minuten später saßen wir am Esstisch im Wohnzimmer zusammen. Da wir nicht allzu oft Gäste hatten und Kochen nicht das Ding meiner Mutter war, hatten sich Jana und ich um das Essen gekümmert und mit Nudeln, Pizza und Salaten ein italienisches Flair in unsere Wohnung gebracht.

»Du hattest in deinem Brief erwähnt, dass du vor deinem Umzug nach Frankfurt als Anwalt im Wirtschafts- und Umweltschutzbereich gearbeitet hast«, sagte ich beim Nachtisch zu Michael. »Wie hieß die Kanzlei noch gleich? Woodslaughter & Son?«

»Ja, das ist richtig.«

»Also hast du dich für unsere Umwelt eingesetzt und den Unternehmen auf die Finger gehauen, die unseren Planeten versauen wollen. Das ist wirklich so toll!«, sagte Jana euphorisch.

»Da muss ich deinen jugendlichen Enthusiasmus leider etwas dämpfen, meine Liebste. Woodslaughter & Son vertreten nämlich genau die Unternehmen, denen du so gerne … aber reden wir doch nicht von Gewalt.«

»Oh, das…«

»Nein. Keine Entschuldigung. Bitte. Viele junge Menschen denken so wie du; und es erfüllt mich immer wieder mit größter Freude, wenn ich die Irrtümer aufklären kann, die ihr euch während eurer Klassenfahrten am nächtlichen Lagerfeuer ins Ohr flüstert.«

»Irrtümer?«, fragte Jana und schaute Michael ziemlich neugierig an.

»Ja, natürlich. Denn du musst wissen, Jana, dass auch wenn sich Woodslaughter & Son für diese ach so böse Industrie positionieren, so tun sie dies einzig und allein aus dem beherzten Wunsch heraus, unseren Planeten zu schützen. Wir beide, du und ich, wir fechten also auf derselben Seite.«

»Aber steht Umweltschutz nicht generell im Konflikt mit dem Ziel eines Wirtschaftsunternehmens, so viel Geld wie möglich zu verdienen? Immerhin werden Investitionen fällig, wenn man sauber arbeiten möchte«, fragte Jana erst einmal ziemlich sachlich.

»Ja. Ganz genau. Du hast es verstanden. Wie wunderbar«, antwortete Michael und schien Jana nicht böse zu sein. Ganz im Gegenteil. Ich hatte vielmehr das Gefühl, dass er gerade dabei war, so richtig aufzublühen. »Denn aus genau diesem Grund müssen Wirtschaftsunternehmen von allen Knebeln und Fesseln befreit werden, die ihnen die gut gemeinte, aber letzten Endes doch so fehlgeleitete Umweltpolitik auferlegt. Nur mit diesem Bewusstsein können wir unseren Planeten vor dem sicheren Untergang bewahren.«

»Indem man jeden einfach mal so tun und machen lässt, was er gerade möchte?«, erwiderte Jana.

»Auf den Punkt. Genau das ist die Lösung. Siehst du, Jana, unsere Umwelt ist ein sehr dynamisches System. Sie kann so viel mehr, als wir ihr zutrauen. Sie wird sich uns immer anpassen und sie wird stetig mit den Herausforderungen wachsen, die wir an sie stellen. Je mehr wir den Ausstoß von Schadstoffen begrenzen, desto mehr verwehren wir unserem Planeten die Möglichkeit, sich abzuhärten. Die Erde wird verweichlichen. Sie wird sterben, wenn wir zu viel regulieren.«

»Oh ja, natürlich. Verstehe. Das ist echt toll«, antwortete Jana und demonstrierte damit, dass sie sehr genau wusste, wann ein totes Pferd tot und ein hoffnungsloser Fall hoffnungslos war.

»Und welchen Weg der Berufung möchte meine bezaubernde Cousine und ihre nicht minder bezaubernde Gefährtin einmal einschlagen«, wechselte Michael dann das Thema, allerdings nicht ohne uns väterlich anzugrinsen. »Ja, ja. Da könnt ihr mir nämlich nichts verheimlichen. Und ihr beide seid ja auch wirklich ein so schönes Paar, auch wenn ich zugeben muss, und bitte verzeiht mir jetzt meine blanke Direktheit, dass so etwas für mich niemals in Frage kommen würde und ich, wenn ich nun ehrlich bin, es auch nicht so ganz verstehe. Aber nein. Bitte rechtfertigt euch nicht. Selbstverständlich gehe ich mit dem Rad der Zeit. Ihr beide, Isabell und Jana, ihr habt meinen Segen; und meine Tante hat meine tiefe Bewunderung, mit welch leichten Gefühlen sie akzeptiert, was andere als eine Bürde empfänden.«

Jana und ich schwiegen. Natürlich hätte ich Michael jetzt erklären können, dass Jana und ich kein Paar waren, aber ich hatte keine Ahnung, wohin das geführt hätte. Wahrscheinlich zu einer neuen Ansammlung von Sprüchen der unvorstellbaren Art.

»Ich studiere Jura und nähere mich dem Ende meines Hauptstudiums«, antwortete ich also kurz und sachlich.

»Und ich Architektur«, schob Jana nach.

»Wie wunderbar«, antwortete Michael. »Jana strebt nach dem Himmel und du, Isabell, du zeigst mir wieder einmal, wie sehr doch die Rechtswissenschaften im Blut unserer Familie verankert sind. Ich bin begeistert.«

Aber trotz seiner Begeisterung schien sich Michael nur einen Augenblick später nicht mehr für uns zu interessieren. Vielmehr legte er einen gewieft analytischen Gesichtsausdruck auf und begann, noch einmal in aller Gründlichkeit und mit nicht gerade viel Anstand unsere kleine Drei-Zimmer-Wohnung zu scannen.

»Hmm«, meinte Michael nach einer Weile. »Hat sich denn auch an deiner Universität diese Unart der Repetitorien eingebürgert. Dieses viele Geld, das man zahlen muss, nur um den Stoff für die Prüfungen noch einmal wiederholen zu dürfen. Pfui. So schändlich.«

»Ja, die Repetitorien gibt es. Aber die sind an der RMU…«

»Wirklich schrecklich, wie man gepresst wird. Aber verzweifle nicht, Isabell…«

…unterbrach mich Michael, bevor ich ihm erklären konnte, dass an der Rhein-Main-University die Repetitorien als fester Bestandteil des Studienplans von allen Jurastudenten kostenlos besucht werden konnten…

»…denn die herausragende Kanzlei, bei der ich die kommende Woche beginnen werde, hat mir die absolut freie Hand bei der Wahl meiner Assistentin garantiert. Eine interne Besetzung. Eine externe Besetzung. Alles ist möglich, solange die Dame kompetent ist. Und wir werden ihr eine so unglaublich exzellent vergütete Position anvertrauen. Auch ohne Abschluss. Falls es also Dinge in deinem Studium gibt, die dich und vielleicht auch deine tapfere Mutter belasten, dann kannst du gleich bei uns anfangen.«

Okay. Wow. Danke. Ich hatte mir ja schon gedacht, dass so etwas in Michaels Kopf herumgegeistert war, als er gerade noch einmal die Größe unserer Wohnung evaluiert und dabei unter Garantie das 'Eins und Eins' unserer knappen Finanzen zusammengezählt hatte. Aber mein Studium zu schmeißen, nur weil es uns mit der Finanzierung dann doch nicht so superleicht fiel, das kam für mich nicht in die Tüte. Und für meine Mutter auch nicht. Punkt!

Aber auch wenn ich Michaels Verhalten und seinen trottelig vorgebrachten Vorschlag ziemlich irritierend und im Ansatz auch verletzend fand, so verstand ich schon, dass sein Angebot letzten Endes nett von ihm gemeint war.

»Das ist sehr freundlich von dir, Michael. Vielen Dank. Wirklich. Aber ich möchte mein Studium regulär abschließen und danach als Juristin arbeiten. Ich weiß zwar noch nicht, in welchem Bereich und auf welcher Seite, aber das lasse ich auf mich zukommen«, antwortete ich also ruhig, aber bestimmt.

»Oh, Isabell. Dann werte ich deine unschuldig verspielte Ablehnung meines Angebots erst einmal als deine Interessensbekundung und den damit verbundenen Wunsch, in das Gehaltspoker einzusteigen. Das ist so wunderbar. Ich stehe bereit. Aber ich muss dich warnen, kleine Cousine. Meine Kollegen haben mir nämlich immer gesagt, dass ich ein echtes Pokerface bin. Mit allen Mitteln gewaschen.«

»Nein, Michael. Ich bin wirklich sehr gerührt, dass du mir eine so verantwortungsvolle Position anbieten möchtest und dass du sogar noch dazu bereit bist, mit mir über die Höhe meines Gehalts zu verhandeln. Aber ich kann dein Angebot nicht annehmen. Das ist nicht die Richtung, in die ich mich im Moment bewegen möchte. Bitte akzeptiere das.«

»Natürlich. Ich verstehe und bewundere deinen Kurs. Aber die Tür wird immer für dich offenstehen«, antwortete Michael schließlich leicht resigniert. Seine Kapitulation lag aber wahrscheinlich nicht nur an meinen Einwänden, sondern auch an dem nun doch recht böse werdenden Blick meiner Mutter. Die hätte nämlich eher ihre C14-zertifizierten Teekannen aus Pompeji für einen Haufen Cryptocoins an die Zarentochter Anastasia verscherbelt, als Zeugin meiner Exmatrikulation zu werden.

»Du kannst sehr gerne jemand anderen hereinlassen«, sagte ich zu Michael und atmete innerlich auf, als mir sein Nicken signalisierte, dass dieses Thema nun für ihn abgeschlossen war – oder zumindest fast abgeschlossen war. Denn nachdem es in seinem Kopf noch einmal unverkennbar gerattert hatte, machte mir Michael einen weiteren Vorschlag.

»Nun na. Wenn du so hartnäckig darauf bestehst, diese einmalige Chance auszuschlagen, dann möchte ich deinen lobenswerten Ambitionen nicht im Wege stehen. Aber vielleicht erlaubst du mir ja trotzdem, dir zumindest einen kleinen Schubs in das richtige Netzwerk zu geben.«

»Woran genau denkst du?«, fragte ich erst einmal ziemlich neugierig. Migräne könnte ich bei Bedarf ja immer noch bekommen.

»Mein künftiger Arbeitgeber wird am kommenden Wochenende seinen jährlichen Sommerempfang geben. Die Gäste, die dort geladen sind, die gehören zur höchsten Sphäre unserer Zunft und der benachbarten Künste.«

Ich überlegte für einen Moment, ob ich Michael jetzt fragen sollte, welcher der Hemsworth-Brüder kommen würde, beschloss dann aber, ihn weiterreden zu lassen.

»Selbstverständlich werde auch ich an diesem Event teilnehmen. Es ist mir sogar gestattet, mich von jemandem begleiten zu lassen. Wenn du möchtest, meine reizende Cousine, dann kann ich dich dort einigen interessanten Herren vorstellen. Selbstverständlich ohne irgendwelche Verpflichtungen deinerseits. Das sind alles Gentlemen«, antwortete Michael. »Nur möchte ich dich bitten, an diesem Abend bei einigen Aspekten deines Lebens dann vielleicht doch nicht mit jungfräulicher Offenheit zu glänzen«, ergänzte er noch und schwenkte dabei seinen Blick unsicher zwischen Jana und mir hin- und her. »Denn auch wenn sie mir vollkommen fern ist, so werden wir doch in unserem Leben immer wieder mit Intoleranz konfrontiert. Und der können die Besten der Besten anheimfallen.«

Ich dachte nach. Fallstricke oder versteckte Agenden schien der Vorschlag von Michael wirklich nicht zu haben. Und da er ja weiterhin der festen Überzeugung war, dass Jana und ich ein Paar waren, bestand letzten Endes auch nicht die Gefahr, dass er mich anbaggern würde. Zumindest redete ich mir das ein. Das machte mich zwar naiv, aber auch glücklich. Es gab also keinen Grund, dieses Angebot abzulehnen.

»Ja, sehr gerne. Vielen Dank«, antwortete ich deshalb meinem sichtlich erfreuten Cousin. »Wo findet denn der Empfang statt? Ich meine, sofern du uns jetzt sagen darfst, für wen du arbeiten wirst?«

»Unter diesen erfreulichen Umständen darf ich das natürlich, meine liebste Isabell. Der Empfang findet im Anwesen der ehrenwerten Partnerin … im Anwesen der ehrenwerten *geschäftlichen* Partnerin meines unbescholtenen Chefs statt: Bei der bezaubernden Judith Rosings.«

Ich hörte Pianoklänge. So ging also die Zeit vorbei. Von all den angeafften Anwaltskanzleien der ganzen Welt brachte er mich ausgerechnet in diese.

»Du arbeitest für Rosings & von der Burgh?«, antwortete ich mehr, als dass ich fragte.

»Ja. Direkt für Carl von der Burgh, um genau zu sein. An ihn werde ich berichten. Du musst ihn unbedingt kennenlernen. Er ist ein so integrer Mann, für den Sachlichkeit und Kompetenz…«

…so was von gar keine Rolle spielen, solange wackelnder Vorbau und zeigefreudiger Ausschnitt stimmen…

»…immer an allererster Stelle stehen. Ein echtes Vorbild. Und seine Partnerin. Seine *geschäftliche* Partnerin. Judith Rosings. Sie ist so eine starke Frau, für die man nur Bewunderung aufbringen darf. Wie tapfer sie ihr Schicksal meistert. Diese schreckliche Gewissheit, dass man das, was man aufgebaut hat, trotz aller Fürsorge niemals wird weitergeben können, aber nein … es steht mir nicht zu«, brach Michael den Satz in genau dem Moment ab, als es gerade richtig spannend wurde.

VERTRAUENSBRUCH

....

Während wir am nächsten Morgen am Frühstückstisch saßen, vibrierte gleichzeitig mein und Janas Smartphone. Caro-Marie hatte uns beiden eine SMS geschickt.

> Hallo Squad, Christian hat in drei Tagen einen Fototermin für die interne Firmenzeitung der Pemley Bank angesetzt. Er und Darian werden dabei sein. 15:00 Uhr. Präsident Zimmermann gibt uns noch einmal die Aula. Danke! Ich nenne es 2. Tryout. Wäre prima, wenn ihr Zeit hättet. Bitte simst mir, ob ihr könnt. Alles Liebe; Caro-Marie.

»Wow, jetzt nehmen wir aber wirklich Fahrt auf«, sagte ich zu Jana, nachdem wir beide dann doch ziemlich stolz wieder von unseren Smartphones hochgesehen hatten. So ein Fototermin, der hatte schon was.

....

Als wir schließlich am Nachmittag ins Niederfeld Café kamen, waren die anderen schon alle da. Giacomo polierte seine Espressomaschinen, Caro-Marie räumte Gläser in das Regal, Kitty half ihr dabei und Lydia tratschte über ihr Smartphone mit einem Kerl. Aber die echte Überraschung hatten Elinor und Marianne mitgebracht. Denn die beiden saßen mit einem – wirklich ziemlich gut aussehenden! – jungen Mann am Tisch. Jana und ich gingen zu ihnen.

»Hey, ihr beiden«, begrüßte uns Marianne. »Darf ich euch bekannt machen? Georg, das sind Isabell und Jana. Und das ist Georg. Georg Bösmann. Er kümmert sich bei uns im Fachbereich Sport um die Finanzen.«

»Ihr könnt es ruhig beim schlimmen Namen nennen. Ich bin ein angestellter Buchhalter«, sagte Georg. Dann stand er auf, begrüßte Jana und mich mit einem Handschlag und einer leichten Verbeugung, und bat uns anschließend mit einer einladenden Geste, uns zu ihm zu setzen. Diese unglaublich klassische Höflichkeit, die hatte was. Und sie war nicht affektiert. Sie schien bei Georg von ganzem Herzen zu kommen und ein Teil seines Charakters zu sein.

Ich setzte mich Georg gegenüber und fühlte mich einfach nur wohl. Er war so…? Ja, er war so Anti-Darian. Er hatte noch alle schwarzen Haare auf seinem Kopf, er war glatt rasiert und sein herzliches Lächeln sorgte dafür, dass ich mich auf die Unterhaltung freute, die ich hoffentlich gleich mit ihm führen würde. Aber warum schämte er sich dafür, dass er Buchhalter war? Ist doch Unfug! Mag zwar nicht der aufregendste Job dieser Welt sein, aber immer noch eine ehrliche Art und Weise, sein Geld zu verdienen.

Ich überlegte kurz, ob Georg vielleicht mit Elinor oder Marianne zusammen war, aber dann erinnerte ich mich an die Fotos der zwei schicken Jungs, die die beiden an die Seite ihrer Ablagefächer in der Umkleide geklebt hatten. Also war Georg vielleicht wirklich noch solo. Na ja, zumindest im Moment.

»Ich glaube, wir sollten langsam loslegen«, sagte Elinor. Dann nahm sie ihre Sporttasche, stand auf und ging nach hinten. Marianne und Jana folgten ihr.

»Ist schon okay«, rief mir Caro-Marie zu, als ich ebenfalls aufstehen wollte. »Ich brauche noch zehn Minuten im Lager.

Kümmerst du dich solange um Georg? Ich will nicht, dass er uns für unhöflich hält.«

»Jetzt hast du die dumme Karte gezogen, den Langeweiler unterhalten zu müssen. Das tut mir wirklich leid«, sagte Georg, nachdem ich meine Sporttasche wieder neben meinen Stuhl gestellt hatte.

»Nein. Quatsch«, antwortete ich und schüttelte den Kopf. »Es freut mich wirklich.«

»Ja. Mich auch, wenn ich ehrlich bin.«

»Kennst du Elinor und Marianne schon länger?«, fragte ich Georg noch einmal zur Sicherheit.

»Nein. Nicht wirklich. Wir sind uns erst vor ein paar Tagen im Sekretariatsflur über den Weg gelaufen. Ich weiß aber trotzdem schon ziemlich viel über euch. Alles über die Ballethexe, zum Beispiel. Und von dem netten Mädchen, das diesen tollen Vorschlag gemacht hat, von dem habe ich auch schon gehört.«

»Oh.«

»Ehre wem Ehre gebührt, Isabell. Es ist ein schöner Charakterzug, wenn man Menschen willkommen heißt. Das machen nicht viele.«

Ich schwieg für einen Moment. Georg auch. Er sah mich an. Aber nicht kühl musternd, so wie viele andere das die letzten Tage über gemacht hatten. Nein, es war anders. Georg schien offen und ehrlich an mir interessiert zu sein.

Dass sein Blick dabei immer mal wieder eine Spur tiefer rutschte, machte mir nichts aus. Im Gegenteil. Es fühlte sich gut an, auch einmal so wahrgenommen zu werden. Gerade von jemandem wie Georg, bei dem die Frauen doch garantiert Schlange standen und der mit Sicherheit auch kein unbeschriebenes Blatt mehr war. Da machte ich mir nichts vor. *So* naiv war ich dann doch nicht.

»Wir haben in drei Tagen eine Vorführung mit Fototermin. Hast du Lust, vorbeizukommen?«, lud ich auf einmal Georg ziemlich keck ein, ohne mir Gedanken darüber zu machen, ob es den anderen überhaupt recht war.

»Cool!«, rief mir aber Kitty schnell von hinten zu.

»Ja. Sehr gerne. Wird das ein Fototermin von der Uni?«, fragte mich Georg – immer noch interessiert! :-)

»Nein. Den Termin hat unser Sponsor organisiert. Die Pemley Bank. Oh, sorry, die kennt kaum einer, aber… .«

Ich schwieg. Jetzt musterten mich Georgs Augen kritisch. Seine Gesichtszüge versteinerten. Mist! Ich hatte es versaut. So was von versaut. Wie konnte ich nur annehmen, dass jemand, der wahrscheinlich BWL oder etwas in dieser Richtung studiert hatte, eine Frankfurter Bank nicht kannte. Das war echt unglaublich beleidigend von mir gewesen. Ich hatte seine Kompetenz angezweifelt. Jetzt musste Georg denken, dass ich ihn für einen Trottel hielt und eine arrogante Besserwisserin war.

»Entschuldige bitte, Isabell«, sagte Georg aber nur einen Moment später. »Du hast wirklich nichts Falsches gesagt. Es liegt an mir. Ich habe leider meine Emotionen nicht so ganz unter Kontrolle, wenn jemand meinen ehemaligen Arbeitgeber erwähnt.«

»Du hast bei der Pemley Bank gearbeitet?«

»Ja, bis vor einem halben Jahr. Ich war Vertriebsmitarbeiter. Es war ein wunderbarer Job und die Pemley Bank war ein ebenso wundervoller Arbeitgeber. Allerdings … aber nein. Ich möchte jetzt keine schmutzige Wäsche waschen. Das ist nicht mein Stil. Ich bin mir sicher, dass die euch anständig behandeln werden. Man kann ja nicht immer nur sein Wort brechen.«

»Darf ich dich trotzdem fragen, was passiert ist? Vielleicht ist es ja gut zu wissen, an wen wir da geraten sind. Viel gesehen von der Pemley Bank habe ich nämlich noch nicht. Ich kenne lediglich den Marketingleiter Christian Bingle und den Finanzvorstand Darian Wilhelmson.«

»Mein guter Freund Darian.«

»Ihr beide kennt euch?«, fragte ich überrascht.

»Ja, wir kennen uns seit der Grundschule. Mein Vater war Hausmeister in dem Gebäude, in dem Darians Vater seine Steuerkanzlei hatte; und da Darian und ich gleich alt waren, wurden wir auch zusammen eingeschult und haben uns dann ziemlich schnell angefreundet, obwohl wir … oh je, wie sage ich das denn jetzt am besten?«

»Vielleicht wart ihr einfach ein bisschen unterschiedlich«, schlug ich vor.

»Ja, genau das waren wir. Aber wir haben immer nur das Allerbeste daraus gemacht«, lachte Georg.

»Was habt ihr beide denn so alles angestellt?«, fragte ich. Georg hatte mich jetzt wirklich ziemlich neugierig gemacht.

»Wir waren ein eingespieltes Team und haben auf uns aufgepasst. Ohne Darians helfende Hand hätte ich zum Beispiel die eine oder andere 'Fünf' einkassiert; aber dafür war ich immer zur Stelle, wenn ihm unser Klassenbully wieder einmal ordentlich den Hintern versohlen wollte. Und die Sache mit dem Abschlussballdate…«

»…die kann ich mir denken. Aber was ist dann passiert?«

»Erst einmal gar nichts. Auch in der Oberstufe sind wir trotz unserer auseinanderdriftenden Lebensläufe beste Freunde geblieben. Denn wie du dir wahrscheinlich denken kannst, steuerte Darian auf ein Spitzenabi zu und ich kam immer irgendwie durch. Ein guter Schüler war ich nämlich nie. Das gebe ich ehrlich zu. Aber so ganz untalentiert war ich dann doch nicht. Ich weiß nicht genau warum, aber mich begannen auf einmal Finanzdinge und Abläufe im Geschäftsleben zu interessieren. Als ich dann noch bei einem Ferienjob Präsentationen für eine Vertriebsgruppe erstellt habe, hat es mich gepackt. Genau das wollte ich später auch einmal tun. Herausgehen. Verkaufen und beraten. Menschen von Dingen überzeugen, an die ich fest glaube.«

»Deshalb hast du dich entschlossen, Wirtschaft zu studieren?«

»Ja. Aber ohne die Hilfe von Darians Vater hätte ich das nicht geschafft. Er hat mir eines Tages aus heiterem Himmel angeboten, mein Studium zu finanzieren. Einfach so. Ohne Gegenleistung. Ich konnte zusammen mit Darian auf die Uni gehen. Das war absolut unglaublich!«

»Und da habt ihr weitergemacht, wie bisher?«

»Nein, nicht wirklich. Wir verloren uns etwas aus den Augen. Mit Darian konnte ich nicht Schritt halten. Das war klar. Alles in allem hat er vier Semester vor mir seinen Abschluss gemacht. Mit einer Note, die zwei Klassen über meiner lag. Aber selbst das spielte damals für Darian keine Rolle. Er stand noch am Abend meiner Abschlussprüfung vor meiner Tür und bot mir einen Vertriebsjob bei der Pemley Bank an. Ich sagte natürlich sofort zu. Unterschrieb blind den Vertrag. Und die Sache lief ja auch ein paar Jahre lang gut. Supergut…«

»…aber…«

»…aber dann änderten sich die Dinge. Christian Bingle, den Darian bereits im Studium kennengelernt hatte, wurde mehr und mehr zu seinem Vertrauten. Verstehe mich jetzt bitte nicht falsch. Christian ist ein anständiger Kerl. Er ist vielleicht etwas naiv und deshalb leider auch recht anfällig für Darians Manipulationsspielchen, aber niemand von uns ist ja wirklich perfekt. Die alteingesessene Pemley Bank natürlich auch nicht. Was deren Problem ist, hast du wahrscheinlich auch schon mitbekommen.«

»Caro-Marie hat uns erzählt, dass die Bank Probleme hat, junge Kunden zu finden.«

»Ja, das Problem hatten wir schon damals und mir wurde sehr schnell klar, dass wir unseren ehrwürdigen Kundenstamm erweitern müssen, wenn wir nicht früher oder später in die Annalen der Bankgeschichte eingehen wollten. Also entwickelte ich ein Konzept für eine moderate Verjüngungskur und stellte es Darian vor. Darian war begeistert und er hat sogar verstanden, dass ich zur

Umsetzung meiner Ideen eine Führungsposition benötigte. Er stellte mir deshalb eine Teamleitung in Aussicht, aber als die Stelle wenige Wochen später ausgeschrieben wurde, da hat Darian meine Bewerbung vollkommen ignoriert.«

»Aber das kann er doch nicht tun. Das grenzt ja an Betrug. Wie … wie hast du reagiert?«

»Selbstverständlich habe ich erst einmal das Gespräch gesucht. Aber als ich mit Darian über das Thema reden wollte, da hat er mir empfohlen, das Unternehmen zu verlassen. Na ja, er hat mich rausgeworfen. Er hat sogar ruck-zuck den Sicherheitsdienst eingeschaltet. Das war so unglaublich demütigend.«

»Das tut mir alles so leid, Georg. Und jetzt habe ich dich auch noch an die Pemley Bank erinnert. Das hätte ich nicht tun dürfen«, sagte ich und hätte ihn am liebsten umarmt. Denn hier saßen wir. Zwei Seelen, mit denen Darian Wilhelmson seine Spielchen getrieben hatte.

»Nein. Unsinn. Das konntest du doch nicht wissen. Außerdem habe ich diesen bitteren Abschnitt meines Lebens hinter mir gelassen. Ich hoffe nur, dass ich dich jetzt nicht beunruhigt habe, was euer Sponsoring angeht. Aber nein. Du musst dir keine Sorgen machen. Da Christians Cousine im Spiel ist, wird sogar Darian erst einmal zu seinem Wort stehen und euch fördern. Aber nutzt das ja aus. Vollkommen schamlos und ohne schlechtes Gewissen. Denn eines Tages wird Christian von Darian den Befehl erhalten, euch fallenzulassen. Einfach so. Aus einer arroganten Laune heraus. Seid bitte darauf vorbereitet und nehmt es dann nicht persönlich. Es liegt nun einmal in der Natur von Darian Wilhelmson, die Menschen zu hintergehen, die ihm vertrauen…«

»Okay. Isabell. Wir fangen jetzt an. Kommst du?«, rief Caro-Marie schließlich von hinten.

»Dann möchte ich dich nicht länger von deinem Training abhalten. Außerdem ist meine Mittagspause ja auch schon lange vorbei.«

»Aber du kommst doch zu unserem zweiten Tryout. Das würde mich sehr freuen.«

Georg lachte mich an, aber dann wurde er nachdenklich. »Wird Darian dabei sein?«, fragte er.

»Ja, das ist gut möglich.«

»Dann sollte ich auf jeden Fall versuchen, ihm nicht über den Weg zu laufen. Ich habe keine Ahnung, was Darian mit euch anstellt, wenn er mitbekommt, wie gut wir beide uns verstehen.«

Mein Herz machte einen Sprung. Jana und ich würden heute Abend definitiv einiges zu bereden haben.

ALLES GEGEBEN

••••

Wir standen in der Aula B1 neben der Bühne. Während die zwei Frauen, die sich im Auftrag der Pemley Bank um die Aufnahmen kümmerten, noch einmal ihre Kameras überprüften, sah ich, wie Präsident Zimmermann Christian und Darian am Eingang begrüßte. Danach machte er sich aber gleich wieder in Richtung des Verwaltungstrakts auf. Schließlich liefen Christian und Darian zu uns. Christian begrüßte uns alle herzlich. Darian nickte mir kühl zu.

Mist! Das war es dann, dachte ich einen Moment später. Denn da Darian jetzt hier herumspukte, ging ich davon aus, dass Georg nun nicht mehr zu unserem zweiten Tryout kommen würde. Damit hatte sich mein Plan, heute Nachmittag nur für Georg zu tanzen, in Luft aufgelöst.

Zumindest lief es für Jana wesentlich besser. Denn nachdem Christian ein paar Worte mit Caro-Marie gewechselt hatte, richtete er seine Aufmerksamkeit nicht nur ziemlich intensiv (Yay!), sondern auch noch ziemlich exklusiv (Doppel – Yay!) auf Jana.

Ich schaute auf die Uhr. Wir lagen gut in der Zeit. Wesentlich entspannter als beim ersten Tryout traf Caro-Marie noch einige Vorbereitungen. Also hatte ich noch ein paar Minuten Zeit, mich mental auf den Auftritt vorzubereiten, wobei … nein! … das sah nicht gut aus. Darian lief zielstrebig auf mich zu.

»Was hat dich eigentlich dazu motiviert, dem Squad beizutreten?«, fragte er mich, als er mir schließlich gegenüberstand.

Ganz cool. Nett bleiben, dachte ich. *Gib Darian keinen Grund, uns abzuservieren. Das würde Caro-Marie das Herz brechen, was dem Breihirn ja vollkommen egal wäre.*

»Caro-Marie und ihr Enthusiasmus haben mich angesteckt. Da musste ich einfach mitmachen«, antwortete ich also ehrlich und gut gelaunt.

»Das wundert mich nicht. Wenn es um Cheerleading geht, dann blüht sie auf. Du weißt sicher, dass…?«

»Ja. Ich kenne ihre Geschichte. Sie hat sie Jana und mir gleich erzählt«, antwortete ich.

Darian nickte, schwieg dann aber. Er tat wirklich so, als ob ihn Caro-Maries Schicksal berühren würde. Was für ein Lügner!

Im Eingangsbereich wurde es unruhig. Jetzt wurden die Zuschauer hereingelassen. Caro-Marie strahlte. Es kamen noch einmal so um die dreißig Studenten zu unserem zweiten Tryout. Sogar Giacomo war dabei und nahm in einer der vorderen Sitzreihen platz. Dann gesellte sich Überraschung Nummer 2 in den Raum: meine Mutter.

Mama schaute sich kurz um und lief dann mit hochinteressierter Miene auf eine der beiden Fotografinnen zu.

»Das ist ja ein so wunderbarer Tag, den ihr für meine Mäuschen ausgesucht habt«, sagte meine Mutter dann zu der Frau, die ihr der Einfachheit halber erst einmal recht gab und unbeeindruckt weiter ihr Stativ aufbaute. »Und der wird den beiden genug Energie verleihen, ihre Schutzsphäre aufzubauen, damit sie nicht von diesen Aasgeiern verschlungen werden, die unsere Rente beim Spekulatius verspielen und damit auch noch ungeschoren davonkommen. Aber damit ist jetzt Schluss! Dafür werden meine Mäuschen schon sorgen. Diese Bankenbande soll sich schon mal warm anziehen.«

»Klar. Der Winter naht«, antwortete die Frau, während sie die Schutzkappe ihrer Kamera kontrollierte.

Ich blickte zu Darian, der immer noch direkt neben mir stand. Immerhin tat er netterweise so, als ob er nichts von dem mitbekommen hätte, was meine Mutter gerade so alles losgelassen hatte. Aber das war unmöglich gewesen. Dafür war die Akustik hier drin einfach zu gut.

»Okay, Squad. Wir können«, rief uns schließlich Caro-Marie zu. Ich beschloss, mich noch in aller Form von Darian zu verabschieden, aber der war bereits wieder stocksteif und passabel gelangweilt zu Christian gegangen und begann, verschwörerisch mit ihm zu reden. Na ja, wenn meine Mutter Darian mit ihrem Auftritt verscheucht hatte, dann konnte ich damit prima leben.

•••

Die Präsentation lief einfach nur super. Da sie aus verschiedenen Perspektiven aufgenommen werden sollte, führten wir die komplette Choreografie gleich zweimal hintereinander auf. Der Schwebeakt, den Elinor und Marianne das letzte Mal improvisiert hatten, war mittlerweile ein fester Bestandteil der Routine.

Allerdings war die sich unmittelbar danach anschließende Fotosession deutlich anstrengender. Denn statt zu cheeren, mussten wir immer wieder sekundenlang eine bestimmte Position halten und dabei auch noch nett und natürlich in die Kamera lächeln. Das machte keinen Spaß und die vielen Anweisungen und das krasse Geblitze gingen mir dabei ziemlich an die Substanz. Nach einer Weile hatte ich leuchtende Flecken vor den Augen, mir war schwindelig und ich musste bei der kleinsten Bewegung aufpassen, nicht zu stolpern. Dass ich mich dabei am liebsten übergeben hätte, versteht sich von selbst. Keine Ahnung, wie die Stars und Starlets dieser Welt das alles aushielten, ohne zusammenzubrechen.

»Letzte Runde. Stellt euch bitte zum Abschied noch einmal hin. Direkt an den Rand der Bühne«, rief uns die Fotografin zu.

Endlich, dachte ich und lief mit den anderen nach vorne, wo wir es schafften, uns trotz des erneuten Blitzlichtgewitters noch einmal sauber in Formation aufzustellen.

Die Fotografin signalisierte uns, dass wir jetzt langsam rückwärts nach hinten gehen sollten, bat dann aber Caro-Marie, noch einmal vorzutreten. Klar. Sie war der Captain des Squads. Ohne sie wären wir heute nicht hier. Sie hatte es verdient, während der letzten Aufnahme im Rampenlicht zu stehen.

Dann ging alles ganz schnell. Während Caro-Marie hyperglücklich nach vorne lief, übersah sie anscheinend den Rand der Bühne. Für einen Moment dachten wir, dass sie kopfüber herunterstürzen würde. Sie konnte sich zwar noch fangen, allerdings nur, um seitlich auf das Parkett zu krachen.

Erst einmal hüllte uns die absolute Stille des Raumes ein. Ich sah, wie Christian mit schreckgeweiteten Augen sein Smartphone zückte und sein Daumen über die '112' huschte.

»Nein. Warte. Musst du nicht. Alles … alles okay«, rief ihm schließlich Caro-Marie zu. Kitty und ich liefen zu ihr und halfen ihr hoch. »Mir geht es gut«, sagte Caro-Marie noch. Aber so, wie sie ihre rechte Hand hielt, war uns klar, dass sie ziemliche Schmerzen haben musste.

Kitty und ich führten Caro-Marie zur kleinen Bühnentreppe. Unten wartete bereits Giacomo und half ihr runter.

»Komm. Du hast jetzt genug für uns gegeben«, sagte er noch zu Caro-Marie, bevor wir mit ihr zur Umkleide liefen.

● ● ● ●

»Es ist nichts gebrochen. Ehrlich nicht«, sagte Caro-Marie in der Umkleide, nachdem Marianne ihr Handgelenk ziemlich professionell mit Eisbeuteln versorgt hatte. »Aber ich denke, es ist verstaucht oder gezerrt. Für ein bis zwei Wochen werde ich nicht auftreten und mich auch nicht an den Übungen beteiligen können. Ich mache aber als Coach weiter. Im Dance-Segment möchte ich Jana und Lydia bitten, abwechselnd für mich zu übernehmen, bis ich wieder fit bin. Captain wird Isabell.«

Caro-Marie schaute mich für einen kleinen Moment fragend an, aber ich nickte sofort. Und dann wurde mir bewusst, dass damit Caro-Maries Traum für eine Weile in meiner Hand lag.

EIN ECHT NICHT MORALISCHES ANGEBOT

....

Von ihrer Zeit an der Ballettakademie kannten Elinor und Marianne einen kompetenten Unfallarzt, zu dem sie Caro-Marie erst einmal fuhren. Sie wollte sich melden, sowie sie mehr wusste.

Also machten sich Jana und ich auf den Weg nach Hause. Spontan lud ich noch Kitty zum Essen ein. Es war klar, dass sie nach diesem Schreck den Abend nicht mit der schon wieder ziemlich unbekümmert wirkenden Lydia verbringen wollte.

Zu Hause nahm uns meine Mutter tröstend in den Arm. Dann klingelte das Telefon. Ich ging ran.

»*Spreche ich mit meiner bezaubernden Cousine, oder mit ihrer nicht minder reizenden Gefährtin?*«, fragte mich Michael. Hmm, mit seinem Anruf hatte ich nicht gerechnet.

»Ich bin's. Isabell.«

»*Wie perfekt. Dann, Isabell, wenn du erlaubst, möchte ich gleich zur Sache schreiten. Ja, ich habe von dem furchterregenden Unfall gehört, der sich zugetragen hat. Aber bitte bestätige mir erst einmal, dass es dir und Sansa gut geht.*«

»Danke, Jana und mir geht es gut. Na ja, wir haben uns ziemlich erschreckt«, antwortete ich und fragte mich, woher er nur so schnell wusste, dass sich Caro-Marie verletzt hatte.

»*Welch ein Glück. Nun Isabell, wie ich verstanden habe, ist der Chief eures, ähh, Teams zu Schaden gekommen. Ein schrecklicher Verlust…*«

»Ja, aber…«

»*…so unwiederbringlich…*«

»…nein. Michael, es ist wirklich…«

»*Lass mich dich deshalb ablenken, liebste Cousine. Jetzt, wo du wieder mehr Zeit in deinen Semesterferien hast, möchte ich dich noch einmal an mein unvergleichliches Angebot erinnern, für mich tätig zu werden.*«

»Ich habe doch schon einen Jo–…«

»Da musst du kein schlechtes Gewissen haben, meine Liebste. Was deine Tätigkeit in diesem Dienstleistungsgewerbe angeht, bin ich mir sicher, dass der Besitzer des Cafés schnell mit sich reden lässt. Sei dir meiner Unterstützung gewiss, wenn du auf Klippen stößt. Ein Schreiben von mir und du bist frei.«

»Nein! Michael! Stopp!«, rief ich erst einmal so laut, dass Jana und Kitty neben mir zusammenzuckten. Es schien zu wirken. Also sprach ich mit normaler Lautstärke weiter. »Das ist … das ist sehr fürsorglich von dir, Michael, und ich fühle mich auch sehr geschmeichelt. Wirklich. Aber wir machen mit dem Cheerleading weiter. Es ist auch schon alles geregelt. Solange Caro-Marie ausfällt, bin ich der Captain des Squads. Die Reggies lassen sich nicht unterkriegen.«

»… unglaublich … und so mutig …«, hauchte Michael ins Telefon. Derweil grinste mich Jana mit Daumen nach oben frech an und Kitty malte mit ihrem Lippenstift einen rosa Smiley auf den Spiegel unseres Kleiderschranks.

»Wir sind eben auf alles vorbereitet. Und was meine Arbeit im Niederfeld Café angeht, die möchte ich nicht aufgeben. Es ist zwar anstrengend, aber es macht auch unglaublich viel Spaß. Wir sind ein super Team. Wenn ich in ein paar Semestern mein Studium abgeschlossen habe und als Anwältin arbeite, dann werde ich immer stolz auf diese Zeit zurückblicken.«

»Dann ist dein 'Nein' wirklich ein 'Nein'?«

»Das ist es, Michael. Es ist ein sehr dankbares 'Nein', aber ich möchte dein Jobangebot endgültig ablehnen. Bitte respektiere das. Du wirst unter Garantie ganz schnell jemand anderen finden. Da bin ich mir sicher.«

»Nun gut. Selbstverständlich bin ich nicht nachtragend. Mein Angebot, dich zu dem Empfang im Haus der tapferen Judith Rosings mitzunehmen, das bleibt natürlich bestehen. Ich werde mich in Kürze bei dir melden und dir den genauen Termin mitteilen.«

»Das ist sehr nett von dir, Michael. Vielen Dank. Auf den Termin freue ich mich nämlich sehr. Und viele Grüße von meiner Mutter; auch von Jana und Kitty.«

Ich atmete erleichtert aus, nachdem Michael nach einem komplexen Abschiedsgruß ohne weiteren Kommentar aufgelegt hatte.

»Keine Ahnung«, sagte ich zu Jana und Kitty, als mich die beiden fragend ansahen. »Dass er ein bisschen schräg ist, habt ihr ja schon mitbekommen. Nur dass er Caro-Maries Unfall dazu missbrauchen möchte, um mich aus dem Squad zu locken, ist schon mies. Aber das mache ich nicht mit. Es würde das Squad zerreißen, wenn noch jemand von uns ausfällt.«

ABSCHIED

••••

»Hey!«, rief ich, als wir am nächsten Morgen das Niederfeld Café betraten. Caro-Marie stand hinter der Theke und machte sich Notizen. Ein Verband war um ihre linke Hand gewickelt, aber ansonsten schien es ihr gut zu gehen.

»Caro-Marie macht jetzt Kasse, meine Buchhaltung und schreibt, was ich einkaufen soll«, begrüßte uns Giacomo.

»Ja. Klar«, sagte Jana. »Dann übernehmen Isabell und ich die Bedienung. Das packen wir. Ist versprochen. Dauert ja nur…?«

»Zwei Wochen«, sagte Caro-Marie. »Es ist zum Glück nur eine schwere Prellung, hat der Arzt gesagt. Aber bis dahin soll ich die Hand so wenig wie möglich bewegen. Wird wieder.«

•••

Der gesamte Morgen verlief recht ruhig. Kurz vor 12:00 Uhr kam Charlotte ins Café. Sie schaute ziemlich melancholisch drein, als sie auf mich zulief und sich schließlich an die Theke setzte.

»Hey, Charlotte«, sagte ich und spendierte ihr nach einem kurzen Blickwechsel mit Giacomo einen Cappuccino.

»Ich bin gekommen, um mich erst einmal zu verabschieden.«

»Was? Charlotte?«

»Ja. Ich kann selbst nicht glauben, wie schnell das alles ging. Ich sehe mich schon seit ein paar Monaten in den Jobbörsen um. Heute Morgen hatte Rosings & von der Burgh eine Anzeige geschaltet, dass sie eine Assistentin suchen: 'Festanstellung. Kein Studienabschluss nötig. Juristische Kenntnisse und abgeschlossene

Zwischenprüfung von Vorteil.' Das waren die Stichworte. Meine Stichworte. Also habe ich dort angerufen. Ich konnte gleich vorbeischauen. Wir haben uns eine Stunde lang unterhalten und ich habe den Job bekommen. Der Vertrag ist schon unterschrieben. Ich bin so happy, Isabell. Das ist mehr, als ich erwartet habe. Der Kerl, für den ich arbeiten werde, ist zwar ein bisschen schräg und seine Metaphern sind echt zum Schießen, aber ich denke, dass er fair und auch kein gaffender Grapscher ist. Morgen geht es los. Ich habe mich bereits exmatrikuliert.«

Ich sah Charlotte an und wusste erst einmal nicht, was ich antworten sollte.

»Ist schon okay«, sagte sie. »Klar. Jetzt bin ich erst einmal von denen abhängig. Das weiß ich. Ohne Abschluss braucht man ein super Arbeitszeugnis, wenn man mal wechseln möchte. Aber ehrlich, Isabell. Ich packe es nicht. Ich bin nicht einmal Durchschnitt und ich kann mir das Studium nicht mehr leisten. Nicht bis zum Abschluss. Und das Angebot, das mir dieser Mr. Collins von Rosings & von der Burgh gemacht hat, das ist sehr fair. Mehr als nur fair. Ich wäre dumm gewesen, das in den Wind zu schlagen. In ein paar Jahren will mich garantiert keiner mehr haben.«

Ich nickte. Auf der einen Seite war ich traurig, dass Charlotte ihr Studium beendet hatte. Aber auf der anderen Seite schien sie zumindest zufrieden mit ihrer Entscheidung zu sein. Vielleicht sogar glücklich. Und Michael? Keine Ahnung. Wenn man sein Geschwafel ertrug und ihn als Chef akzeptierte, dann konnte man wahrscheinlich ganz gut mit ihm auskommen.

»Ich mache mich jetzt los«, sagte Charlotte. »Bis morgen habe ich noch einiges an Papierkram zu erledigen.«

»Viel Glück!«, rief ich, als sie durch die Tür nach draußen ging. Sie winkte mir zu. Sie hatte es noch gehört. Das war schön.

»Du hast ihr nicht gesagt, dass ihr neuer Boss dein Cousin ist, oder?«, fragte mich Jana, aber ehe ich antworten konnte, merkte ich, dass mit Caro-Marie etwas nicht stimmte. Sie schaute auf einen Brief, den sie gerade gelesen hatte. Sie zitterte.

»Der kam eben rein. Er ist von Christian. Von der Bank. Er… .«

Caro-Marie gab mir den Brief.

Sehr geehrte Frau Stenau,

wir freuen uns, Ihnen zu bestätigen, dass Sie für Ihr Cheerleading-Programm ein ein-Jahres-Sponsoring mit Option auf automatische Verlängerung von uns erhalten werden. Den Sponsorenvertrag werden wir Ihnen separat zukommen lassen.

Betreut werden Sie von Henrietta Carlson, die … &c &c &c

Mit freundlichen Grüßen

Christian Bingle, Leiter Marketing

»Der hing noch dran«, sagte Caro-Marie und gab mir einen grünen Post-it.

Habe viel zu tun. Schaffe es dieses Jahr nicht mehr, bei euch vorbeizusehen. Henrietta wird alles erledigen. Sie ist klasse! Grüß die anderen ganz herzlich von mir. Alles Liebe, Christian.

»Er schafft es dieses Jahr nicht mehr?«, sagte ich zu Caro-Marie. »Wir haben Anfang August!«

»Ja. Das klingt wie ein kompletter Rückzug. So als ob er nichts mehr mit uns zu tun haben möchte. Er … Christian war doch immer so begeistert. Ich meine, ich freue mich über die Unterstützung, die wir bekommen, aber ich hatte auch gehofft, dass Christian zumindest auf dem Laufenden gehalten werden möchte. Wenn wir unseren Spirit nicht mit ihm teilen können, mit wem dann? Aber okay. Auch diese Show muss weitergehen«, sagte Caro-Marie schließlich und vergrub den Brief zusammen mit dem Post-it in einer Schublade.

Während ich versuchte, meine Gedanken zu sortieren, sah ich, wie Jana feuchte Augen bekam. Sie versuchte, es zu verbergen, schaffte es aber nicht wirklich. Dass sich Christian vollkommen aus dem Sponsoring zurückziehen würde, war definitiv nicht das, was sie hören wollte.

• • • •

Gegen 14:30 Uhr stießen die anderen zu uns. Elinor und Marianne hatten Georg im Schlepptau. Er fragte richtig nett, ob er uns bei der ersten Hälfte des Trainings zusehen könne und zum Glück hatte niemand etwas dagegen. Denn ja! Jetzt erst recht! Noch ein Grund an meinem ersten Tag als Captain der Reggies nur mein Bestes zu geben.

• • • •

Nach einer Weile musste Georg zurück zur Uni. »Er ist nett«, sagte Jana, während wir eine Pause machten. Dann grinste sie mich frech an.

»Wa…?«

»Hey. Ist doch prima. Ich glaube, da funkt wirklich etwas zwischen euch.«

»Ja. Er ist schon ziemlich aufmerksam«, antwortete ich und wusste genau, dass ich Jana nichts vormachen konnte. »Und seine Manieren, die sind ja auch…«

»Sind Sie Frau Stenau?«

Was? Wir blickten zur Seite. Eine Frau im Businesskostüm war gerade in das Café gekommen. Sie lief auf Caro-Marie zu und reichte ihr die Hand.

»Henrietta Carlson. Henrietta. Christian hat Ihnen sicherlich geschrieben, dass ich die Betreuung Ihres Squads übernehmen werde. Darauf freue ich mich.«

»Ja. Wir uns auch. Wir machen gerade eine Pause, aber wir trainieren in ein paar Minuten weiter. Möchten Sie zusehen?«, lud Caro-Marie Henrietta ein.

»Nein, vielen Dank. Vielleicht ein anderes Mal. Ich muss gleich wieder zurück zur Bank. Christian bat mich aber, Ihnen vorher noch diesen Scheck zu geben. Sie möchten den Betrag für neue Uniformen verwenden, wenn ich ihn richtig verstanden habe.«

»Ja. Die Uniformen, die wir im Moment haben, sind erst einmal nur ein Provisorium. Ich möchte bis zum Beginn des Semesters neue designen lassen. Speziell für unser Squad. Ich werde die Entwürfe natürlich vorher an Sie und Christian schicken.«

»Oh, das ist nicht nötig. Christian vertraut Ihnen da voll und ganz. Außerdem ist er im Moment wirklich so eingespannt, dass er es nicht mehr schaffen wird, sich vor Jahresende bei Ihnen zu melden. Sie können sich aber jederzeit an mich wenden, wenn sie Fragen haben. Ich bin für Sie da. Und jetzt müssen Sie nur noch hier unterschreiben und dann sind wir auch schon durch.«

Nachdem Caro-Marie den Empfang des Schecks bestätigt hatte, verließ Henrietta Carlson gut gelaunt das Niederfeld Café. Und während sich Caro-Marie sehr wahrscheinlich immer noch fragte, was das alles sollte, lief Jana heulend nach hinten in die Umkleide.

ROSINGS

••••

Am darauffolgenden Samstag stieg ich am späten Nachmittag aus dem Bus aus, der mich in das Frankfurter Westend gefahren hatte. Ich lief zuerst die Straße herunter und bog dann nach einer Weile zweimal links in eine etwas ruhigere Gegend ab. Ich folgte einem gelben Steinweg, bis ich schließlich vor der imposanten, in cremefarbenem Weiß gehaltenen dreistöckigen Villa von Judith Rosings stand.

Die war aber nur ein Teil des gesamten Anwesens. Leicht abgesetzt sah ich links eine Garage und auf der rechten Seite war die Villa mit einem breiten Anbau verbunden. Von außen kam mir dieser vor wie eine Mischung aus Wintergarten, Besprechungsraum und kleinem Ballsaal. Allerdings konnte ich erst einmal nicht viel mehr erkennen, denn die mit halbtransparenter Bronzefarbe abgedeckten Fenster hüllten alles in eine Aura des Geheimnisvollen ein.

Immer mal wieder hörte ich ein leises Surren. Dessen Ursprung konnte ich mir dann aber recht schnell erklären, denn als ich hochsah, entdeckte ich ein halbes Dutzend Überwachungskameras. Okay, alles hatte seinen Preis.

Ein Mann im Smoking und eine Frau im Ballkleid fragten am Eingang der Villa die Besucher freundlich nach ihrer Einladung. Halb verborgen im Hintergrund standen noch zwei Men in Black aus der Terminatorenschule. Die würden wahrscheinlich einschreiten, falls einer der Gäste dann doch mal Ärger machen sollte. Und auch wenn ich mir sicher war, dass die beiden Jungs unglaublich nette Kerle waren und ihre Herzen garantiert am richtigen Fleck hatten, so wollte ich heute Abend dennoch keine Bekanntschaft mit ihnen machen.

»Kann ich Ihnen helfen?«, fragte mich schließlich die Dame am Eingang.

»Ja. Ich bin Isabell Bennede. Herr Michael Collins hat mich eingeladen. Ich bin seine Begleitung.«

Die Augen der Frau huschten über die Gästeliste. Dann sah sie mich noch einmal kurz an und nickte schließlich. »In Ordnung. Warten Sie bitte dort drüben, Frau Bennede. Herr Collins müsste gleich hier sein«, meinte sie und zeigte zu einer Bank. Ich setzte mich und hörte zwei Minuten später auch schon das Wasserfallphilosophieren von Michael. Charlotte war ebenfalls bei ihm und trug den kleineren seiner beiden Aktenkoffer.

»Meine liebe Cousine. Wie schön, dass du gekommen bist«, sagte er und umarmte mich. Dann ließ uns das Sicherheitspersonal ohne weitere Kontrolle durch. Klar. So jemanden wie Michael, den vergisst man nicht. Dessen Personalien muss man nur einmal kontrollieren.

Ich tauschte einen Blick mit Charlotte aus. Ich fühlte mich mies. Vielleicht hätte ich ihr sagen sollen, dass ihr zukünftiger Boss mein Cousin war.

»Ich bewundere deine unbestechliche Integrität, meine liebe Isabell«, erlöste mich aber Michael. »So viele andere hätten versucht, mich zu bezirzen, nur um damit die Chancen meiner vom Himmel geschickten Assistentin zu erhöhen. Aber du hast alle Bande verschwiegen und damit Charlotte die Möglichkeit gegeben, von sich aus mit ihrer Kompetenz und ihrem Auffassungsvermögen zu glänzen. Wie wunderbar, denn wir beide kommen bestens miteinander aus.«

Ich schaute noch einmal zu Charlotte. Sie schien mir wirklich keinen Vorwurf zu machen und sie sah auch zufrieden aus. Das freute mich.

»Welch himmlisches Anwesen. Ich bin heute bereits das sechste Mal hier und Charlotte das dritte Mal. Erinnere mich bitte daran, Isabell, dass ich dafür Sorge trage, dass ihr beide auf jeden Fall eine ausführliche Führung durch das ganze Haus bekommt und erlebt, was man durch Fleiß alles erreichen kann. Oh je, es ist nur so tragisch, dass das alles nicht weiterge– ... aber nein. Es steht mir nicht zu, zu beurteilen, mit wie viel Würde Judith Rosings ihr Schicksal meistert.«

Hmm? Das war jetzt bereits das zweite Mal gewesen, dass Michael eine Bemerkung über das Schicksal von Judith Rosings gemacht hatte. Und wieder ging es darum, etwas nicht weitergeben zu können. Ich blickte vorsichtig zu Charlotte, aber sie schüttelte nur subtil den Kopf. Anscheinend wusste auch sie nicht, worum es ging.

»Da ist sie. Schnell!«, quiekte Michael plötzlich mit kindlicher Freude. Er packte meine Hand und zog mich durch den halben Raum, bis wir schließlich Judith Rosings gegenüberstanden. »Judith. Darf ich Ihnen meine bezaubernde Cousine Isabell Bennede vorstellen. Sie studiert Jura im siebenten Semester und ich bin Ihnen so dankbar, dass Sie mir erlaubt haben, sie in die Welt unserer Zunft einzuführen.«

»Oh«, sagte Judith Rosings und gab mir mit einem frechen Grinsen, das wohl *Herausforderung akzeptiert* hieß, die Hand. Ein Teil von ihr schien meine Dreistigkeit aus tiefem Herzen zu bewundern. Der andere Teil hätte mit wahrscheinlich am liebsten eine geknallt. »Es freut mich auch, Sie kennenzulernen, Isabell. Genießen Sie bitte den Abend.«

Während Michael noch irgendetwas Lobendes zwitscherte, entschuldigte sich Judith Rosings bei uns und lief zu Carl von der Burgh. Sie tippte ihm auf die Schulter und zeigte mit gut gelauntem Schauspiel in unsere Richtung. Michael freute sich tierisch über die Aufmerksamkeit, die uns jetzt auch noch sein Chef schenkte. Na ja, er kannte nun einmal die Vorgeschichte nicht.

Judith Rosings redete kurz mit Carl von der Burgh und schließlich nickte er leicht genervt. Wahrscheinlich hatten die beiden sich gerade darauf geeinigt, meinetwegen keine Szene zu machen.

Und okay. Deal. Auch ich würde mich daran halten. Das, was vor drei Wochen in der Kanzlei geschehen war, das würde ich zumindest für heute Abend vergessen.

Schließlich führte uns Michael vom Eingangsbereich der Villa hinein in den Wintergarten-Besprechungsraum-Ballsaal. Als wir dort angekommen waren, schaute ich mich um. Ich kannte niemanden. Aber ehe ich mich deswegen unwohl fühlen konnte, gingen wir auch schon zu einem langgezogenen Tisch in der Mitte des Raums. Alle Plätze waren reserviert. *Cousine Collins* stand auf meinem Schild. Michael und Charlotte setzten sich rechts neben mich. Links neben mir waren noch drei Plätze frei.

»Ich kann es kaum erwarten, heute Abend endlich den Neffen von Judith Rosings kennenzulernen. Ich habe schon so viel über ihn gehört. Unglaublich erfolgreich für sein Alter. Selbstverständlich werde ich dafür sorgen, dass auch du mit ihm bekannt gemacht wirst.«

»Was macht er denn beruflich?«, fragte ich Michael, als…

»Isabell!«

…als Darian auf einmal hinter mir stand.

»Herr Wilhelmson. Darf ich mich Ihnen bekannt machen. Ich bin…«, legte Michael los und sprang so schnell auf, dass er dabei fast kopfüber über seine Füße gestolpert wäre.

»Möchtest du mir nicht deinen charmanten Begleiter vorstellen?«, fragte mich Darian und zwinkerte mir zu.

»Ja. Darian, das ist mein Cousin Michael Collins. Er hat gerade als Anwalt bei Rosings & von der Burgh angefangen und er war so freundlich, mich hierher mitzunehmen. Dafür bin ich ihm sehr dankbar.«

»Ich ihm auch«, sagte Darian und schüttelte einem deutlich verwirrten Michael die Hand.

Nachdem Darian auch Charlotte mit einer schicken Verbeugung begrüßt hatte, nahm er Platz. Links neben mir. Aber nicht direkt neben mir. Zwischen uns war immer noch ein Stuhl frei. Trotzdem schauten wir uns an. Ziemlich lange sogar.

»Da fallen ja jetzt einige Puzzleteile zusammen«, meinte Darian dann mit einem frechen Grinsen, das dem seiner Tante ziemlich ähnlich war. Nur war es irgendwie noch einmal eine Spur frecher.

»Bist du jetzt enttäuscht? Weil ich mich im halb Verborgenen hier hereinmogeln musste, meine ich?«

»Enttäuscht? Nein, im Gegenteil«, antwortete Darian.

Als ich ihn fragen wollte, was er damit meinte, wurde er abgelenkt. Auf einmal flammten Freude und Fürsorge in seinen Gesichtszügen auf. Aber auch Bewunderung, die mit einer Spur von Traurigkeit vermischt war. In diesem Moment hatte ich das Gefühl, ausschließlich den wahren Darian vor mir zu sehen. Einen Darian, der sich ungefiltert von seinen Emotionen leiten ließ. Ich drehte mich zur Seite und folgte seinem Blick.

Eine junge Frau hatte den Saal betreten. Sie war vielleicht drei bis vier Jahre jünger als ich und etwas größer, aber sie wirkte unglaublich zerbrechlich. Sie benötigte eine Krücke, um laufen zu können, und sie schien bei jedem Schritt Mühe zu haben, die Kontrolle über ihre Muskeln zu behalten.

Als sie schließlich bei uns angekommen war, stand Darian auf und half der jungen Frau mit unaufdringlicher und eingespielter Selbstverständlichkeit auf dem Stuhl neben mir Platz zu nehmen. Dann lehnte er ihre Krücke hinten an die Wand an. Beide lachten.

»Isabell, jetzt möchte ich dir meine Cousine Anne vorstellen. Anne Rosings«, sagte Darian. »Und das ist Isabell. Isabell Bennede.«

»Du bist eine der Cheerleaderinnen. Stimmt doch, oder? Ich finde euren Sport so klasse. Hyper aufregend. Wenn ich eure Videos sehe, dann fühle ich mich richtig gut. Darian hat mir die Aufnahmen gezeigt. Echt super. Auch dass du gekommen bist und dass Darian an dich gedacht hat.«

»Dieses Lob habe ich nicht verdient. Ehrlich nicht«, sagte Darian, aber das schien Anne egal zu sein. Darian war ihr großer Held. Das war nicht zu übersehen.

Jetzt fielen auch für mich ein paar Puzzlestücke zusammen. Dinge, aus denen ich mir bisher keinen Reim machen konnte, begann ich zu verstehen. Das Verhalten von Judith Rosings, zum Beispiel, das immer mal wieder keinen Sinn ergab, sah ich jetzt mit anderen Augen. Ich wusste zwar immer noch nicht genau, was ich von ihr halten sollte, aber ich beschloss, ihr ab jetzt auch mal die eine oder andere herablassende Bemerkung durchgehen zu lassen.

Nur galt das nicht für Michael. Nee, wirklich nicht. Denn jetzt begriff ich die Anspielungen, die er immer wieder über die große Tragödie der Judith Rosings gemacht hatte. Aber was sollte sein deppes Gerede, dass Judith Rosings das, was sie hier aufgebaut hatte, niemals würde weitergeben können? *Natürlich kann sie das. Nämlich an Anne!*

»Wie geht es deiner Freundin?«, fragte mich Anne. »Entschuldige, aber ich habe das ganze Video gesehen. Der Sturz sah schlimm aus.«

»Es geht ihr besser. Die Ärzte meinen, dass sie in zehn Tagen wieder cheeren kann.«

»Das freut mich. Was studierst du eigentlich, Isabell?«

»Jura. Ich komme in das siebte Semester.«

»Wow. Ein Jurastudium hatte meine Mutter auch für mich vorgesehen. Sie hatte schon im zweiten Monat den festen Plan geschmiedet, dass ich einmal hier einsteigen werde. Aber sind wir ehrlich. Als Prozessanwältin würden mich nicht viele beauftragen und nach unten in den dunklen Keller gehen und Akten studieren, das möchte ich nicht.«

»Darf ich fragen, was…?«

»Ja. Klar. Ich habe eine angeborene Muskelschwäche. Besserung ist da nicht in Sicht, aber wenn die Medikamente weiter wirken und ich meine Übungen mache, dann wird es auch nicht mehr schlimmer werden. Und ich habe gerade mein Abi geschafft. An einer normalen Schule. Bin so happy!«

»Weißt du schon, was du jetzt machen möchtest?«

»Ja. Ich möchte Kunst und Design an der Rhein-Main-University studieren. Ich zeichne gerne. Aber nicht mit Farbe. Mit einem Grafiktablett am PC. Da habe ich die volle Kontrolle und wenn doch einmal etwas schiefgeht, dann drücke ich 'STRG-Z' und alles ist wieder gut.«

»Haben die ein digitales Kunstprogramm an der RMU?«

»Jein. Später im Hauptstudium kann ich digitales Zeichnen als Hauptfach wählen, aber bis dahin muss ich auch analog ran. Also mit Pinsel und Papier. Das wird nicht so einfach. Aber ich habe mit einer jungen Beraterin gesprochen, die selbst vor Kurzem ihren Abschluss gemacht hat und jetzt für die Uni arbeitet. Sie war supernett und hat mir einen Termin bei ihrer alten Professorin, bei Dr. Wagner verschafft. Die hat gemeint, dass sie mir wahrscheinlich keine so guten Noten auf meine analogen Sachen geben kann, sie aber auch keine Gefahr sieht, dass ich die Kurse nicht bestehe. Also habe ich mich eingeschrieben. Die Zusage habe ich schon bekommen. Ich freue mich wahnsinnig darauf.«

Ich spürte einen leicht bohrenden Blick und schaute zur Seite. Judith Rosings saß ganz in der Nähe. Wahrscheinlich hatte sie zumindest ein paar Fetzen von dem mitbekommen, was mir Anne gerade erzählt hatte. Und ihr Gesicht sprach Bände. Mit der Studienfachwahl ihrer Tochter war sie definitiv nicht einverstanden.

Dann wurde das Essen serviert. Richtig gut. Ich unterhielt mich die ganze Zeit über weiter mit Anne. War richtig schön. Damit erreichte ich zwar nicht mein Ziel, an diesem Abend ein paar Kontakte zu knüpfen, aber egal. Denn für Carl von der Burgh & Co war ich ohnehin nur die, die man wegen nicht passender Pom-Poms von den Klienten fernhalten sollte.

»Isabell. Darf ich euch kurz stören? Ich möchte dir gerne Will vorstellen. Meinen ehemaligen Professor, bei dem ich meine

Abschlussarbeit geschrieben habe«, riss mich Darian auf einmal aus meinen Gedanken und zeigte zu einem Mann, der neben ihm saß. Er war wahrscheinlich im Laufe des Abends noch dazugekommen. Das hatte ich aber nicht mitbekommen.

»Freut mich, Sie kennenzulernen«, sagte ich. »Lehren Sie an der Rhein-Main-University? Schuldigung, ich kenne mich im Fachbereich Wirtschaft nicht so gut aus. Ist nicht mein Ding, wenn ich ehrlich bin.«

»Nein. Ich unterrichte im Moment in Mainz. Und bitte Isabell. Ich bin Will.«

Ich fand den lockeren Umgangston, den Darian mit seinen Bekannten pflegte, wirklich sehr angenehm. Als dann schließlich noch der Nachtisch serviert wurde, wurde Darian zu seiner Tante gerufen. Sie brauchte einen Rat. Also unterhielt ich mich noch für eine Weile mit Will.

»Ihr beide seid auch nach Darians Abschluss in Kontakt geblieben?«, fragte ich.

»Ja. Darian war notentechnisch vielleicht nicht der beste Student, den ich je hatte, aber seine Ideen und seine Seminarbeiträge waren absolut brillant. Ich habe auch immer wieder bewundert, wie er Kommilitoninnen und Kommilitonen, bei denen es gerade einmal nicht so gut lief, motivieren konnte, weiterzumachen. Auf jeden Fall wusste ich schon damals, dass er es einmal sehr weit bringen und dabei niemals die Bodenhaftung verlieren würde.«

»Bodenhaftung?«

»Er ist immer für andere da. Er unterstützt mich zum Beispiel auch heute noch mit Praktikantenstellen. Echte Praktikantenstellen, meine ich. Solche, bei denen unsere Studenten etwas lernen und nicht nur vorm Kopierer stehen. Auf so etwas ist Darian nämlich gar nicht gut zu sprechen. Außerdem kümmert er sich wirklich um jeden. Neulich hat er sogar seinen Marketingleiter vor einem folgenschweren Fehler bewahrt.«

»Oh.«

»Ja. Ein junges Ding aus sozial fragwürdigen Kreisen hat sich mit sehr eindeutigen Absichten an ihn herangemacht und ihm den Kopf verdreht. Wer weiß, was sie ihm noch untergejubelt hätte. Aber Darian hat das geradegebogen. Er hat mit seinem Freund geredet und ihn zur Vernunft gebracht. Der Kontakt wurde abgebrochen, ohne jemanden zu verletzen. Aber bitte entschuldige mich jetzt, Isabell, ich habe noch eine andere Verabredung heute Abend und muss leider schon wieder los. Es war schön, dich kennenzulernen.«

Ich wusste nicht, was ich als Nächstes tun sollte. Zittern? Losheulen? Dem heuchlerischen Darian an die Gurgel springen und ihn mit viel *Hasta la vista* von der Klippe schubsen, ohne dass er wiederkommt?

Denn was hatte Will gesagt? Wie hatte er meine Freundin genannt? Ein junges Ding aus sozial fragwürdigen Kreisen!

Daran, dass Will gerade von Jana und Christian gesprochen hatte, bestand kein Zweifel. Aber der Vorwurf gegen meine Freundin war doch Unfug. Was hatte sich Darian nur gedacht? Warum hatte er sich eingemischt? Jana war wirklich in Christian verliebt. Außerdem ist sie ein fantastischer Mensch. Es wäre ihr doch niemals ums Unterjubeln gegangen. Wie konnte Darian nur so etwas Böses behaupten? Ich kenne nämlich sonst niemanden auf diesem Planeten, der so feste an die einzig wahre Liebe glaubt, wie Jana. Was bist du nur für ein intrigantes und verlogenes Wesen, Darian Wilhelmson.

Gerade als ich wirklich losheulen wollte, kam Darian von seiner Tante zurück. Er verabschiedete sich von Will und setzte sich danach gleich wieder neben mich. Er tat so, als sei nichts geschehen.

Und auch ich behielt die Fassung. Anne zuliebe machte ich keine Szene und begnügte mich erst einmal mit meinen Rachefantasien. Zumindest solange, bis Michael auftauchte und gleich noch einen daraufsetzte.

»Herr Wilhelmson. Ich fürchte, dass ich nicht das meiner Cousine gegebene Versprechen halten kann, sie sicher nach Hause zu geleiten«, sprach er Darian an. »Aber ein Vorfall, der meine sofortige Aufmerksamkeit einfordert, hat sich ereignet. Ich wäre Ihnen so unendlich dankbar, wenn Sie…«

»Selbstverständlich. Es wird mir ein Vergnügen sein, dich nachher zu fahren«, antwortete Darian. Dabei sah er nur mich an und ignorierte Michael.

»Nein. Danke«, antwortete ich schnell. »Das musst du nicht. Ich bin mit dem Bus gekommen. Ich kann ihn sehr gerne auch wieder auf dem Rückweg nehmen.«

»Was? Unfug. Das darfst du auf gar keinen Fall zulassen!«, flehte Anne Darian an. »Es ist schon nach 23:00 Uhr und bis wir mit dem Abschied fertig sind, ist es nach Mitternacht. Da dürfen wir Isabell nicht mehr alleine mit dem Bus fahren lassen.«

Da ich nicht wollte, dass Anne sich Sorgen um mich machte, gab ich nach. Länger als 15 Minuten würde die Fahrt ohnehin nicht dauern und die könnte ich schon irgendwie mit belanglosem Small Talk überbrücken.

Alles war alles gut. Es gab keinen Grund zur Panik.

●●●●

Eine halbe Stunde später machten wir uns dann wirklich los. Der Abschied von Anne war superherzlich und ich lud sie ein, mal zu uns zum Training zu kommen. Sie sagte sofort zu.

Dann musste allerdings noch das formelle 'Auf Wiedersehen' mit den beiden Gastgebern koordiniert werden. Carl von der Burgh konnte ich erfolgreich ignorieren, aber da sich Darian natürlich von seiner Tante verabschieden wollte, blieb mir nichts anderes übrig, als auch ihr nett die Hand zu geben und dabei irgendetwas

Freundliches zu sagen. Die Tatsache, dass sie mich dabei leicht irritiert ansah und sich wohl überrascht fragte, was ich jetzt auch noch in der Nähe ihres Neffen zu suchen hatte, war etwas, das ich ehrlich gesagt unglaublich genoss.

Auf dem Weg zum Parkplatz war ich gespannt, was Darian wohl für einen Wagen fahren würde. Es war ein älterer, dunkler BMW. Okay. Passte von der Optik und vom Stil her zu ihm.

Darian öffnete mir die Beifahrertür, stieg dann selbst ein und wir fuhren los. Zu meiner Überraschung setzte er dabei seine Sonnenbrille übrigens nicht auf.

CHANCENLOS

••••

Nach fünf Minuten verlangsamte Darian das Tempo, setzte den Blinker und hielt in einem Seitenstreifen. Etwas in meinem Magen zog sich zusammen und ich hoffte, dass aus dem Halten kein Parken werden würde. Meine Hand fuhr zur Seite, um zu prüfen, ob der Türöffner in Reichweite war. Dabei sah ich aus dem Beifahrerfenster. Die Straße war noch ziemlich belebt. Gut. Irgend ein krummes Ding könnte Darian jetzt also nicht mit mir abziehen. Trotzdem hatte ich wirklich keine Ahnung, was er vorhatte.

Für eine Weile sah mich Darian nur an und schwieg. Etwas wollte er wohl loswerden, aber er wusste anscheinend nicht wie. Okay. Das war sein Problem. Ihm eine Brücke zu bauen, dazu hatte ich nämlich keine Lust. Da musste er alleine durch.

»Also ganz egal wie unvernünftig das jetzt klingen mag, Isabell, und wie viel das letzten Endes über meinen eigenen Charakter aussagt, aber mir geht deine zugegebenermaßen durchaus passable Attraktivität nicht mehr aus dem Sinn und ich habe die letzten Tage über sehr viel an dich gedacht. Aus diesem Grund möchte ich trotz all deiner Unarten und trotz deines stetigen Verlangens, immer wieder unaufgefordert deine Meinung zu sagen, mehr Zeit mit dir verbringen. Mehr Zeit als bisher.«

Wa ... du, war das Erste, das meine Gehirnwindungen an Blitzgedanken hervorbrachten. Aber so ging das nicht. Konfusion war jetzt fehl am Platz. Jetzt war es wichtig, meine Emotionen aus- und meine Sachlichkeit einzuschalten. Denn auf Darians Vorschlag gab es nur eine Antwort und die wollte ich ohne Missverständnisse vorbringen.

»Aber ich möchte keine Zeit mit dir verbringen«, sagte ich also mit all der kühlen Sachlichkeit, die ich in diesem Moment aufbringen konnte.

Darian zuckte überrascht zurück. Er schaute mich für einen Moment mit einem nicht zu definierenden Gesichtsausdruck an. Er versuchte, die Fassade zu wahren, aber ich war mir sicher, dass ich bei ihm einen emotionalen Volltreffer gelandet hatte.

»Darf ich fragen, warum?«, fragte Darian schließlich.

»Weil ich nicht glaube, dass du mich wirklich magst oder attraktiv findest. Ich denke, du findest mich interessant, weil ich wahrscheinlich ganz anders bin, als die Menschen, die du sonst so kennst. Ich muss für meinen Lebensunterhalt arbeiten, um mir mein Studium zu finanzieren und … und ich sehe auch wirklich nicht so aus, wie die Frauen auf den Titelbildern dieser Hochglanzmagazine. Das wird dich neugierig gemacht haben, aber diese Neugierde wird auch wieder vergehen; und dann werden wir beide verletzt«, antwortete ich und war überrascht, wie gut ich mich im Griff hatte.

Darian nickte und vergrößerte den physischen Abstand zwischen uns. Wahrscheinlich hatte er bemerkt, dass ich gerade noch einmal geprüft hatte, ob ich bei Bedarf den Sicherheitsgurt lösen und die Beifahrertür öffnen könnte.

»Allerdings lese ich in deinem Gesicht, dass dies nicht der einzige Grund für deine Ablehnung ist. Darf ich hier etwas mehr Ehrlichkeit von dir einfordern«, sagte, nein, befahl Darian mit so kühler Präzision, dass er diesmal meinen emotionalen Schutzschild durchbrach. Meine Gefühle gewannen die Oberhand. Darian wollte also die Wahrheit? Die ganze Wahrheit und nichts als die Wahrheit? Gut, die sollte er kriegen. Offen und ehrlich. Ganz direkt. Auf nettes Understatement hatte ich jetzt nämlich keine Lust mehr.

»Wenn du schon so von meinen Unarten fasziniert bist, Darian, kannst du dir dann nicht denken, dass es eine meiner ganz großen

Charakterschwächen ist, unglaublich wütend zu werden, wenn man Menschen, die mir nahestehen, ungerecht behandelt?«

»Was?«

»Ich habe Georg Bösmann kennengelernt. Er hat mir erzählt, wie du ihn aus der Bank geworfen hast. Warum machst du so etwas, Darian? War Georg zu gut in seinem Job? Warst du eifersüchtig auf sein Charisma? Darauf, wie er auf andere wirkt? Ich … ich kann so etwas nicht verstehen. Er war doch dein Freund!«

Darians Gesicht versteinerte. Für einen Moment machte er mir Angst. Also redete ich einfach weiter.

»Aber das ist nicht der einzige Grund und … und auch nicht der bedeutendste. Ich meine, hältst du mich denn wirklich für so gefühlskalt, dass ich gerne Zeit mit jemandem verbringen möchte, der durch seine intriganten Lügen dafür gesorgt hat, dass meine beste Freundin genau das nicht mehr kann: Nämlich jemandem nahe sein, den sie liebt. Darian, was für ein grausames Monster bist du nur?«

Ich konnte nicht mehr weiterreden. Meine Stimme brach. Zumindest wurde ich nicht hysterisch, aber Tränen liefen mir die Wangen runter und ich konnte Darian nur noch unscharf verwässert wahrnehmen. Für einen Moment machte ich mir Hoffnung, dass er mich jetzt aus dem Wagen werfen würde. Aber diesen Gefallen tat er mir nicht.

»Das ergibt doch alles keinen Sinn«, redete, nein, argumentierte Darian stattdessen weiter. »Wie sonst könnte ich Gefühle für dich empfinden, Isabell? Gefühle, die jeden Tag stärker werden. Gefühle, die ich nicht zurückdrängen kann, obwohl sie mich so unglaublich unvernünftig handeln lassen.«

»Unvernünftig?«, fragte ich und hätte mich dafür ohrfeigen können, denn damit lud ich Darian ein, weiterzumachen.

»Ja. Natürlich ist es unvernünftig, deine Nähe zu suchen. Ich habe nämlich den Eindruck, dass du bisher noch nie in einer festen Beziehung gelebt hast. Also hätte ich anfangs erst einmal mit deiner wahrscheinlich nicht immer rationalen Anhänglichkeit fertig werden müssen. Außerdem hätten meine Geschäftspartner die absolut falschen Schlüsse gezogen, wenn ich dich ihnen vorgestellt hätte. Denn du bist jünger und wesentlich unerfahrener als ich. Du studierst noch, du hast keine Einkünfte und keinerlei gesellschaftlichen Kontakte. Ganz zu schweigen davon, dass du sie auch noch ständig irritiert hättest.«

»Irritiert? Warum? Weil ich meine Meinung sage? Oder weil ich einmal einen Studienabschluss haben werde, der deinem in nichts nachsteht.«

»Nein. Darum geht es doch gar nicht. Das Problem wäre ganz einfach gewesen, dass du von deiner Optik her nicht über die typischen Attribute einer verführerischen Jägerin verfügst, die nur darauf aus ist, einen…«

»Willst du mir jetzt im Ernst erklären, dass du dich immer mal wieder für mich hättest rechtfertigen müssen, wenn ich dich bei einer Businessveranstaltung begleitet hätte?«

»Genau das wäre unvermeidbar gewesen. Einige meiner Kollegen denken da leider…«

»Darian, du redest wirres Zeug. Sexistischen Quark, falls du das noch nicht gemerkt haben solltest. Trotzdem möchte ich dich bitten, zu verstehen, dass nachdem was du mir angetan hast…«

»Was ich *dir* angetan habe, Isabell?«

»Was du Jana antust, das tust du auch mir an. Deshalb werde ich jetzt auch aus diesem Wagen aussteigen; und ich möchte dir schon einmal im Voraus dafür danken, dass du mich nicht daran hindern wirst.«

»Selbstverständlich nicht. Aber könntest du mir vielleicht noch sagen, wie ich meine Zuneigung hätte anders formulieren können?«

»Gar nicht, Darian. Überhaupt nicht. Du hast diesen Antrag eben voll verpatzt. Aber vielleicht ist es ein Trost für dich, dass es nicht an deiner sprachlichen Ungeschicklichkeit lag. Es gibt nämlich nichts, dass du mir heute Abend hättest sagen können, das verhindert hätte, dass ich dich hasse. Ja. Ich hasse dich, Darian. Denn ich weiß jetzt, was für ein Mensch du bist. Aus diesem Grund möchte ich nichts mehr mit dir zu tun haben und…«

…und das war es dann. Nichts ging mehr. Ich brachte noch ein verheult infantiles 'Du kannst mich mal' raus und flüchtete aus dem Wagen.

EIN KORREKTER IDIOT UND EIN ECHTER FAN

....

»Isabell, was…?«, sagte Jana, nachdem ich wortlos in unser Zimmer gegangen war und mich auf mein Bett geworfen hatte. »Haben die…? Ist…?«

Ich konnte keinen Ton hervorbringen und schüttelte als Antwort auf Janas Frage einfach nur den Kopf. Denn mir war klar, dass ich zuallererst eine wichtige Entscheidung treffen musste: Wie viel wollte und wie viel durfte ich Jana von Darians Intrige, von seinem miesen Betrug berichten. Ich beschloss, zu diesem Thema erst einmal zu schweigen. Zwei emotionale Wracks hätte diese Nacht nicht verkraftet. Also erzählte ich Jana nur von Georgs Geschichte und von der besitzergreifenden Kühle, mit der Darian mir seinen Antrag – oder was auch immer das war – gemacht hatte.

»Du hast vollkommen richtig gehandelt, Isabell, und ich bin so froh, dass die dir nicht mehr angetan haben«, sagte Jana schließlich und setzte sich neben mich. »Die benehmen sich ja alle wie alteingesessener Adel, der über den Gesetzen steht. Erst legt dich die Kanzlei rein und dann will Darian dich auch noch als sein persönliches Püppchen; und was Darian mit seinem Spielzeug macht, wenn es ihm zu langweilig wird, das sieht man ja an Georg. Das ist so … so mies!«

»Ich habe jetzt nur Angst, dass sich Darian wegen meiner Abfuhr rächen wird und Caro-Marie das Sponsoring entzieht. Mit der Anwaltsmacht in seiner Familie wäre das nur ein Fingerschnippen für ihn. Daran würde Caro-Marie zerbrechen. Und das wäre dann meine Schuld.«

»Unsinn. Auch Caro-Marie würde nicht wollen, dass du mit einem Kerl ins Bett gehst, nur um die Finanzierung des Squads zu sichern. Das will keine von uns. Außerdem glaube ich nicht, dass

Darian Wirbel machen wird. Ich halte ihn jetzt zwar definitiv für einen Idioten, aber auch für einen sehr korrekten Idioten. Die Abfuhr, die du ihm erteilt hast, die wird er nicht an die große Glocke hängen wollen. Dafür ist er zu arrogant. Er wird sich ganz einfach nicht mehr bei uns blicken lassen. Das kann er ja auch tun, ohne dass jemand Verdacht schöpft. Denn warum sollte sich der Finanzchef der Pemley Bank um die Details eines kleinen Sponsoringvertrags kümmern? Nein, es wird keinen Rachetrip geben. Da bin ich mir sicher, aber … aber es ist wirklich nichts vorgefallen, Isabell. Er hat nicht…? Denn wenn…«

»Nein. Hat er nicht. Wirklich nicht. Er hat auch nichts versucht.«

Jetzt lächelte Jana wieder und ich tat es anscheinend auch. »Gab es davor zumindest ein paar schöne Momente auf der Party?«, fragte sie.

»Na ja, ich glaube Judith Rosings fand mein Auftauchen ziemlich dreist, aber sie war sportlich genug, mich nicht rauszuwerfen. Das war schon cool. Und ich habe Charlotte getroffen.«

»Wie geht es ihr?«

»Sie scheint wirklich zufrieden zu sein. Michael ist zwar nicht mein Ding, aber die beiden haben sich anscheinend ganz gut arrangiert. Das freut mich für Charlotte.«

»Mich auch.«

»Außerdem haben wir bereits einen echten Fan!«

»Was! Wen?«

»Anne. Anne Rosings. Sie ist Judith Rosings Tochter und Darians Cousine.«

»Noch so eine aus dem Adel. Wie tickt die? Püppchen oder Zicke?«

»Nein. Keins von beiden. Anne ist ein unglaublich lieber Mensch. Voller Optimismus. Den Blick nur nach vorne gerichtet. Aber sie ist ziemlich krank. Sie hat eine Muskelschwäche. Sie kann nur mit einer Krücke laufen und sie ist auch sonst nicht die fitteste. Trotzdem fängt sie nach den Semesterferien ein Kunststudium an der RMU an. Wir werden uns also demnächst immer mal wieder über den Weg laufen. Anne hat mich auch gefragt, ob sie uns mal beim Training zuschauen darf. Ich habe sie eingeladen. Ich hoffe, das ist okay.«

»Ja klar. Anne ist willkommen. Das werden Caro-Marie und die anderen auch so sehen.«

• • • •

Viel ist dann an diesem Sonntag nicht mehr passiert. Jana und ich sahen uns aus unserer DVD-Sammlung eine Vampirromanze und einen Actionwummer mit zeitreisenden Robotern und einer frechen Heldin an. Den Nachmittag verbrachten wir in der Eisdiele. Wir hatten zwar den Eindruck, dass meine Mutter mitbekommen hatte, dass wir beide gerade dabei waren, eine Sache des Herzens zu durchleben, aber sie sprach uns nicht darauf an. Und so machten wir uns am Montagmorgen wieder mit bester Laune auf den Weg ins Niederfeld Café. Latte macchiato servieren am Morgen und Cheerleadingtraining am Nachmittag standen auf dem Programm.

ETWAS ZU OFFENGESTANDEN

••••

Wir waren praktisch schon beim Niederfeld Café angekommen, als Jana auf einmal einen Fluch ausstieß und mich dann mit gut gemeinter aber definitiv nicht vorhandener Subtilität zur Seite ziehen wollte.

Und was macht man, wenn man begreift, dass die beste Freundin nicht möchte, dass man etwas mitbekommt? Richtig, man sieht sich die Sache dann doch einmal etwas genauer an!

Und da stand Georg. Halb verborgen in einer Ecke. Aber er war nicht alleine. Er war mit einer Studentin zusammen, deren Namen ich zufällig kannte. Maria König. Groß. Gut gebaut. Feuerrote Haare. Alles in allem erinnerte sie mich an Kate Winslet, bevor die ihren tragischen Unfall mit der Blondiermaschine gehabt hatte.

Georg und Maria knutschten wild. Sehr, sehr wild. Ihre Körper waren eng aneinandergepresst. Eine seiner Hände hatte Georg feste auf Marias Rock gepackt. Direkt über ihrem Hintern. Die andere befand sich bereits tief in Marias Bluse. Pom-Poms begutachten.

Es überraschte mich, dass ich erst einmal nichts fühlte und dass mein Verstand auf einmal so rational arbeitete. Georg war ein unglaublich netter und anständiger Kerl, den ich so unglaublich gerne näher kennengelernt hätte und den … ja, und in den ich mich ziemlich verknallt hatte. Aber ich verstand in diesem Moment, dass ich Georg in aller Öffentlichkeit niemals das hätte bieten können, was Maria ihm da gerade mit vollem Körpereinsatz bot. Und das hätte ich auch nicht gewollt. Nicht auf diese Art und Weise. Der Typ war ich nicht. Wenn Georg es also so brauchte, dann hätten wir nicht zusammengepasst.

Für ein paar Sekunden heulte ich beschützt von Janas Umarmung los. Das brauchte ich, denn danach konnte ich dieses Kapitel schließen.

Also dann. Viel Glück, Maria König. Pass bitte nur gut auf Georg auf und enttäusche ihn nicht. Das hat er nicht verdient.

Einen Latte. Gib ihn mir. Jetzt!

....

Schließlich gingen wir in das Niederfeld Café. Caro-Marie war bereits da und auch Kitty, die Caro-Marie beim Sortieren der Gläser half. Für einen Moment herrschte eine seltsame Ruhe in dem Raum, weshalb ich beschloss, gleich in die Offensive zu gehen.

»Ist schon gut«, sagte ich also zu Caro-Marie und Kitty. »Wir sind eben Georg Bösmann und Maria König begegnet. Die machen da draußen Sachen, die die Altersfreigabe von dem Roman hier hochschrauben würden, wenn ich jetzt noch mehr ins Detail ginge. Dass … dass ich Georg wirklich sehr mag, das habt ihr ja wahrscheinlich alle mitbekommen. Aber so etwas wäre nicht mein Ding. Das bin ich nicht. Deshalb, ja. Lassen wir den beiden ihren Spaß und legen los!«

Und das machte ich dann auch. Ich lief schnell hinter die Theke und half Kitty beim Einräumen der restlichen Gläser.

Klack. Klack. Klack. Damit war die Sache zwischen Georg und mir vom Tisch. Ende. Aus. Abgeschlossen. Auf zum nächsten Abschnitt.

••••

Bis zum Mittag und auch während des sich anschließenden Trainings im Hinterhof des Niederfeld Cafés gab es keine weiteren Zwischenfälle mehr. Alles lief glatt.

Den Abend über hatten wir dann überraschend so viel zu tun, dass Kitty noch blieb und uns half, das Essen zu servieren. Sie war einfach nur ein Naturtalent und besonders gut darin, den Gästen, die eigentlich schon wieder gehen wollten, noch einmal mit bester Laune einen süßen Nachtisch aufzuschwatzen. Nach einer Weile verschwand Giacomo deshalb mit ihr für eine Minute in seinem Büro und verkündete danach, dass Kitty ab sofort zum Team gehören würde.

So gegen 20:00 Uhr hörte ich, wie ein Auto vor dem Café parkte. Das Geräusch des Motors löste ein unangenehmes Kribbeln in mir aus und das Schlagen der Wagentür beschleunigte meinen Puls. Als ich hochsah, wusste ich warum. Draußen vor dem breiten Fenster stand Darians BMW. Natürlich im Parkverbot, denn das macht der Adel ja so!

Dann kam Darian herein. Er lief zur Theke und sah mich an. Einen Moment lang überlegte ich ernsthaft, ob ich mich jetzt für meine Wortwahl am Samstagabend entschuldigen sollte, aber nee! Ich hatte ihm genau das Richtige gesagt.

Nachdem wir uns für eine Weile schweigend angesehen hatten, bestellte Darian mit den brüchigen Worten eines Geschäftsmannes, der es supereilig hat, einen Latte zum Mitnehmen. Ich bereitete ihm den mit entsprechender Liebe und dem dazugehörenden Zeitaufwand zu und drückte ihm dann den Becher in die Hand, wobei … oh … ich die Hitzeschutzmanschette wohl vergessen hatte. Das tat mir echt leid. Ganz ehrlich ;-)

Darian nahm den Latte und drückte mir dafür einen fünf Euro Schein und einen Brief in die Hand. Den Letzteren so unauffällig wie möglich. Dann steckte er mit der steifen Unbeholfenheit eines Terminators mit durchgebranntem Emotionschip einen weiteren fünf Euro Schein in unsere Trinkgeldbox, drehte sich mit der Eleganz eines verloren gegangenen Lemmings wieder um und verließ das Café. Durch das Fenster sah ich noch, wie Darian in seinen Wagen stieg, den Latte in den Becherhalter des Armaturenbretts steckte und wieder losfuhr.

»Was meint ihr?«, fragte uns Kitty. »Fährt der um die Zeit nach Hause oder zur Arbeit?«

»So wie er eben ausgesehen hat, weiß er das wahrscheinlich selbst nicht so genau«, meinte Caro-Marie und ging dann weiter die Einkaufsliste mit Giacomo durch.

Ich aber schaute Jana an und lies dabei meinen Blick kurz zwischen ihr und meiner Hand, in der der Brief von Darian steckte, hin- und herpendeln. Gut. Sie war die einzige, die die Sache mitbekommen hatte.

»Klar. Geh nur«, sagte Jana und blickte in Richtung unserer Umkleide. »Ich mache hier solange weiter.«

Danke Jana, dachte ich und lief nach hinten. Was stand in dem Brief? Ich hatte nicht die geringste Ahnung, aber ich würde es gleich herausfinden.

NUANCEN DER WAHRHEIT

····

Ich setzte mich auf eine kleine Bank in unserer Umkleide. Die Türe hatte ich geschlossen. Da das Niederfeld Café in frühestens 1 ½ Stunden schließen würde, hatte ich genügend Zeit, den Brief zu lesen. Auch war ich mir sicher, dass falls eine meiner Freundinnen nach hinten gehen wollte, Jana schnell eine passende Ausrede finden würde, sie davon abzuhalten.

Ich öffnete den Umschlag. Vier mit der Hand geschriebene Seiten fielen mir in den Schoß. Christian hatte nicht übertrieben. Darian hatte eine klassische Ader.

Schließlich atmete ich noch einmal tief durch, nahm die Seiten in die Hand und begann, den Brief zu lesen.

Liebe Isabell,

ich möchte Dir gleich sagen, dass ich Dein wahrscheinlich noch viel zu nett vorgetragenes 'Nein' von gestern Abend respektiere und ich Dir niemals wieder zu nahe treten werde.

Du hast mir drei Gründe genannt, weshalb Du kein Interesse hast, Zeit mit mir zu verbringen. Diese Gründe habe ich verstanden. Aber auch wenn viele Deiner Vorwürfe gerechtfertigt und auf offensichtliche Imperfektionen meines Charakters zurückzuführen sind, so gibt es dennoch die eine oder andere Nuance in Deiner Anklage, die nicht der Wahrheit entspricht.

Selbstverständlich bin ich mir im Klaren darüber, dass es Dir vollkommen egal ist, was die Menschen um uns herum über mich denken. Trotzdem möchte ich Dich bitten, mir ein allerletztes Mal dreißig Minuten Deines Lebens zu schenken. Ich möchte Dir die ganze Geschichte erzählen und auch die Dinge ans Licht bringen, die man bisher vor Dir verborgen hat. So wie ich Dich kenne, ist dies etwas, zu dem ich Dich nicht lange überreden muss.

Ich mag Dich wirklich sehr, Isabell. Und zwar aus genau den Gründen, die ich Dir gestern Abend so ungeschickt vorgeworfen habe: Du bist intelligent, attraktiv und humorvoll. Du zögerst nicht, ehrlich und kess Deine eigene Meinung zu sagen; und die herzliche Selbstverständlichkeit, mit der Du Anne die Freundschaft angeboten hast, die erlebt meine Cousine nicht oft. Praktisch niemals. Dafür möchte ich Dir danken.

Wenn ich ehrlich bin, habe ich nicht wirklich Übung darin, einer Frau gegenüber meine Gefühle auszudrücken. Ich hatte das Glück gehabt, sehr früh in den Vorstand der Pemley Bank berufen zu werden. Wie Du Dir sicher denken kannst, blieb danach nicht mehr viel Raum für Freizeit in meinem Leben übrig. Und die wenigen freien Momente, die ich nun noch hatte, standen mir meist nur noch abends auf Dienstreisen oder bei gesellschaftlichen Treffen zur Verfügung.

Bei solch einer Zusammenkunft lernte ich eine Frau kennen und verliebte mich in sie. Die Gefühle wurden erwidert und wir begannen eine Beziehung, in der unsere Rollen recht schnell definiert waren: Ich bekam eine attraktive, intelligente und redegewandte Begleiterin; und meine Gefährtin konnte sich im Gegenzug dadurch definieren, den jungen CFO einer Privatbank zum festen Freund zu haben.

Nur währte das Glück nicht ewig. Wir beide merkten nach knapp zwei Jahren, dass wir unsere Zukunftspläne nicht in Einklang bringen konnten. Ich gab meiner Freundin zu erkennen, dass wir zusammenziehen und ein festes Bündnis eingehen sollten; sie ließ mich verstehen, dass sie lieber noch für eine Weile in der Welt des Abenteuers leben wollte. Und so wurde, ohne dass ich ihn aussprechen musste, mein Antrag abgelehnt. Also trennten wir uns. Ohne Gesichtsverlust. Ohne böse Worte. Ohne Skandal. Darüber bin ich sehr glücklich, denn wenn man in meiner Position dem falschen Menschen vertraut, dann kann das sehr hässlich enden. Deshalb empfinde ich trotz aller Enttäuschung, die ich durchleben musste, auch heute noch einen tiefen Respekt für diese Frau.

Aber die Liebe und die Gefühle, die ich für Dich entwickelt habe, Isabell, die basieren auf so viel mehr.

Sie basieren auf der natürlichen Attraktivität, die Du ausstrahlst, und auf meiner Überzeugung, dass es Dir bei einer Beziehung mit einem Menschen niemals auf Oberflächlichkeiten ankommt. Du wählst, so schätze ich Dich ein, Deine Freunde mit Bedacht, dann aber mit Bestand. Mache bitte weiter so.

Lasse mich jetzt zum zweiten Punkt kommen, den Du mir vorgeworfen hast. Mein Verhalten gegenüber Georg Bösmann. Georg und ich kennen uns tatsächlich bereits seit dem Grundschulalter. Georgs Vater war Hausmeister in dem Gebäude, in dem mein Vater seine Steuerkanzlei hatte. Da Georg und ich im gleichen Alter waren, haben wir sehr viel Zeit zusammen verbracht. Es stimmt natürlich, dass wir beide uns schon damals sehr stark vom Charakter her unterschieden. Aber wahrscheinlich hat genau das unsere Freundschaft am Leben gehalten. Ging einmal etwas schief, dann habe ich unseren Eltern sachlich erklärt, weshalb wir beide wirklich nichts dafür konnten. Stießen meine Argumente und Ausreden auf taube Ohren, dann hat uns Georg mit seinem Blick und seinen wohlgewählten Worten wieder aus der kniffligen Lage herausgeschmeichelt. Und da Dir Georg mit Sicherheit auch erzählt hat, dass ich ohne seine Hilfe keine Partnerin für den Abschlussball gefunden hätte, möchte ich Dir bestätigen, dass dies voll und ganz der Wahrheit entspricht.

Nach der Schule trennten sich langsam unsere Wege. Georg hatte es mit seinem Studium nicht sonderlich eilig und so besuchten wir bereits im zweiten Semester kaum noch gemeinsame Kurse. Wir sind trotzdem in lockerem Kontakt geblieben und Georg hat auch das eine oder andere Mal bei mir übernachtet. Meist ging es darum, dass eine ehemalige weibliche Bekanntschaft (oder gar deren prügelbereiter Freund) ihn nicht zu Hause antreffen sollte. Du kannst Dir sicherlich denken, weshalb.

Selbstverständlich hieß ich Georgs Abenteuer nicht gut, aber ich gestehe, dass ich niemals gezögert habe, ihm aus der Patsche zu helfen.

Nachdem ich in der Pemley Bank Fuß gefasst hatte und erste Personalentscheidungen treffen durfte, habe ich Georg eine Stelle als Vertriebsmitarbeiter angeboten. Davon haben wir beide profitiert. Er hatte eine sichere und gut bezahlte Position und ich wusste, dass er es schaffen würde, auch jüngere Kunden anzusprechen und für uns zu gewinnen.

Das ging eine ganze Zeit lang gut, aber dann wollte Georg mehr. Viel mehr. Er kam eines Tages in mein Büro und sagte mir, dass er in einen riskanten Zweig des Investmentbankings wechseln wollte. Das hielt ich, wie Du Dir sicher denken kannst, für keine gute Idee. Auch wenn die Pemley Bank sich nicht aus diesem zugegebenermaßen kritischen Geschäftsfeld heraushalten kann, so bestehe ich dennoch immer darauf, dass wir jedes Investment mit höchster Besonnenheit angehen. Mit genau der Art von Besonnenheit, die ungeachtet seiner vielen anderen Qualitäten, Georg nun einmal nicht besitzt.

Ich lehnte deshalb seine Bitte ab und bot ihm stattdessen die frei werdende Stelle eines Teamleiters im Vertrieb an. Dort wäre es seine Aufgabe gewesen, ein formelles Konzept für eine 'Verjüngungskur' der Bank zu entwickeln und anschließend die Umsetzung zu begleiten. Eine verantwortungsvolle Aufgabe, aber Georg bestand weiterhin auf den Investmentjob. Und ich machte meinen ersten Fehler. Ich stimmte zu, ihm die Position auf Probe zu geben. Ich warnte ihn aber auch, dass wir ihm die Stelle als Teamleiter im Vertrieb nicht ewig freihalten könnten. Wir würden sie ausschreiben und wir würden sie besetzen, sowie wir einen passenden Kandidaten oder eine passende Kandidatin gefunden hätten. Georg stimmte zu, wir gaben uns die Hand...

...und ich bereute meinen Fehler schnell. Im Investment spekulierte Georg riskant. Viel zu riskant. Und am Ende war es nur dem Eingreifen der IT-Security zu verdanken, die ihm vor einer ruinösen Transaktion buchstäblich den Stecker gezogen hatte, dass Georgs Ausflug in die Welt des Investmentbankings ohne zu großen finanziellen

Schaden für die Pemley Bank endete. Jeder andere hätte seinen Hut nehmen müssen, aber ich machte meinen zweiten Fehler. Ich bot Georg die Rückkehr in den Vertrieb an. Ohne Wenn und Aber. Ich wollte ihm eine zweite Chance geben. Georg ergriff sie. Das dachte ich zumindest.

Denn an seinem ersten Tag ging Georg zielstrebig in das Büro des Teamleiters und war verärgert, dass 'seine' Position mittlerweile vergeben worden war und dass mein Angebot nur beinhaltet hatte, dass er zu seinem alten Job zurückkehren könnte. Er warf mir vor, ihn hintergangen zu haben. Ich blieb ruhig und versuchte, Georg an unser Gespräch zu erinnern. Ihn daran zu erinnern, dass ich ihm ganz klar gesagt hatte, dass ich ihm die Teamleiterstelle nicht ewig freihalten könnte. Aber dann ging es Schlag auf Schlag.

Georg wurde beleidigend und einen Tag später bat mich unsere Security zusammen mit dem Betriebsrat um ein Gespräch unter vier Augen. Anscheinend hatte Georg seine Position im Investmentbanking ausgenutzt, um von drei unserer Praktikantinnen einiges an körperlicher Nähe zu erlangen. Das, was auch immer dabei passiert war, geschah wohl auf der Basis von absoluter beiderseitiger Freiwilligkeit und es wurden keine Gesetze gebrochen, wohl aber die Grenzen der Moral überschritten. Zumindest die meiner Moral.

Und so beging ich in Bezug auf Georg meinen letzten Fehler. Ich wollte ihm nach einer formellen schriftlichen Abmahnung eine allerletzte Chance geben, aber Georg ersparte mir die Blamage. Mit Worten, die ich hier nicht wiederholen möchte, beschimpfte er mich laut, ihn um seinen Aufstieg betrogen zu haben. Er ballte die Fäuste. Handgreiflichkeiten drohten.

Damit machte er es mir schließlich sehr leicht, das Ende einzuleiten. Mit der Vorgabe, dass Georg bis zum Abend die Pemley Bank verlassen sollte, gab ich unserer Personalstelle freie Hand bei der Höhe seiner Abfindung. Somit hat Georg natürlich in gewisser Art und Weise recht damit, dass es meine Schuld ist, dass er nicht mehr bei uns im Vertrieb arbeitet. Allerdings hoffe ich, dass jetzt, wo du die ganze Wahrheit kennst, du die Rolle, die ich hierbei gespielt habe, anders einschätzt.

Ich möchte nun zum dritten und letzten - und zum mit Abstand schwierigsten Punkt in diesem Brief kommen.

Ja, in der Gewissheit, dass mir Christian vertraut, habe ich ihm dazu geraten, Berufliches und Privates strikt zu trennen und jeglichen persönlichen Kontakt zu Jana sofort abzubrechen.

Vielleicht weil ich durch meine eigenen Erfahrungen geblendet war, habe ich gegebenenfalls zu voreilig und zu voreingenommen auf Janas Motive geschlossen und ihr Kalkül vorgeworfen. Aber bitte glaube mir, dass es mir niemals darum ging, Jana zu verletzten oder sie nicht wertzuschätzen. Meine einzige Motivation in diesem Fall bestand darin, meinen besten Freund vor einer möglichen Enttäuschung, die ihm für immer das Herz gebrochen hätte, zu bewahren.

Auch, und bitte verzeihe mir jetzt meine absolute und sehr direkte Ehrlichkeit, hatte ich bei den Begegnungen mit Deiner Mutter, in denen sie in der Regel recht unüberhörbar ihre Meinung über das Bankwesen zum Ausdruck brachte, stets den Eindruck, dass dies auch Deine und Janas Ansicht über meinen Berufsstand repräsentiert. Dadurch wurde ich in meiner Überzeugung bestärkt, dass Jana an einer ernsthaften und partnerschaftlichen Beziehung mit Christian keinerlei Interesse haben kann.

Dass ich meine Beobachtungen anscheinend nicht korrekt ausgewertet habe, das tut mir leid und ich verstehe, dass ich dadurch das letzte bisschen an Sympathie verspielt habe, das Du ansonsten vielleicht noch für mich hättest empfinden können.

Isabell, falls Du bis hierher gekommen bist, dann möchte ich Dir für Deine Geduld danken. Es lag mir sehr viel daran, mich zu Deinen Vorwürfen zu äußern. Nicht um meinetwillen, sondern um deinetwillen. Du verdienst es, die volle Wahrheit zu erfahren. Du darfst wegen meiner Fehler nicht von anderen Menschen belogen oder vielleicht sogar manipuliert und betrogen werden.

Ich gehe davon aus, dass wir beide uns im Rahmen des Sponsoringprogramms für Caro-Maries und Dein Cheerleadingsquad weiterhin begegnen werden. Ich garantiere Dir aber, dass diese Begegnungen von meiner Seite aus im vollsten Dekorum verlaufen werden. Es versteht sich natürlich von selbst, dass das Programm ohne jegliche Einschränkung weiterlaufen wird. Wir glauben an euch.

Ich bin nicht perfekt, Isabell, aber ich bin auch nicht das herzlose Monster, das Du vor zwei Tagen in mir gesehen hast. Bitte verzeihe mir, dass Dich meine Worte und einige meiner anscheinend zu wohl gemeinten Taten an solch einen dunklen Ort geführt haben.

Dein Darian Wilhelmson

Verlust und Hoffnung

····

Die Windungen in meinem Gehirn fühlten sich an wie ein Haufen verpatzter Cheermoves, die zwar alle gut gemeint waren, aber letzten Endes dann doch zur Disqualifizierung geführt hatten.

In Georg hatte ich mich getäuscht. Von ihm hatte ich mich erfolgreich bezirzen und naiv manipulieren lassen. Ich hatte ihm sogar dabei geholfen, Darian weiter zu verleumden.

Aber was genau hatte ich mir überhaupt gedacht? Dass Georg attraktiv und mein Typ ist? Dass ich mir echte Chancen bei ihm ausgerechnet hatte und mir gewünscht … dass wir beide…?

Ja, genau das hatte ich gedacht. Das hatte ich mir erhofft. Ich war in Georg verliebt gewesen. Und selbst als ich ihn heute Morgen vor unserem Café mit Maria König verschmelzen sah, war ich ihm nicht böse gewesen. Die Schuld lag ganz klar bei mir. Nicht bei ihm. Diese öffentlich zelebrierte Leidenschaft hätte ich ihm nicht bieten können und auch nicht bieten wollen. Mein Problem, nicht seins.

Und jetzt? Jetzt hatte Darians Brief mir die verträumten Augen geöffnet. Er hatte mir klar gemacht, dass ich auf genau die Art von räuberischen Beau hereingefallen war, auf die ich niemals hereinfallen wollte. Aber es war geschehen. Schon wieder meine Schuld.

Zumindest trösteten mich zwei Dinge. Auch hier war 'nichts passiert'; und da ich nun die Wahrheit über Georg kannte, konnte ich ihn wirklich aus meinen Gedanken verbannen. Für immer. Und falls Georg noch einmal im Niederfeld Café auftauchen sollte, dann könnte es ja passieren, dass ich aus Versehen den Zucker im Latte vergesse oder vielleicht auch mal zum verdorbenen Süßstoff greife. Soll ja echt gut für die Verdauung sein.

Puuh, und Darian? Dieser aufgeblasene, eitle und arrogante Gockel, der mit seiner deppen Sonnenbrille vom ersten Augenblick an so was von überhaupt nicht mein Typ war und der jetzt in so vielen Dingen genau meinem Typ entsprach. Der sich nicht mehr hat zuschulden kommen lassen, als genau den gleichen Fehler zu begehen wie ich. Nämlich den Fehler, eine Person vollkommen falsch einzuschätzen.

Ja, Darian hatte in Jana nur eine Studentin gesehen, die kein Problem damit hat, ihren Körper gegen Geld zu tauschen. Deshalb hatte er Christian geraten, den Kontakt abzubrechen. Aber Darian hatte das nicht getan, weil er ein böser und intriganter Mensch ist, sondern nur, weil er so etwas selbst einmal erlebt hatte und später auch noch von seinem Jugendfreund übel verraten worden war. Dass man dann, nur um eine andere Person zu schützen, auch mal eine superdumme Entscheidung trifft und echten Mist baut, das konnte ich auf einmal verstehen.

Darian hatte niemals vorgehabt, Tränen in Janas Leben zu bringen oder mich in die Dunkelheit zu führen. Dass er beides dann doch getan hat, war ein Versehen. Dieser Typ, der nicht mein Typ war, konnte eben schlicht und ergreifend auch mal genauso blöde sein wie ich.

Jemand setzte sich neben mich. Ich war mittlerweile vollkommen verheult, wusste aber, dass es Jana war, die ihren Arm um mich legte.

»Die anderen denken, es ist wegen Georg.«

»Ja. Nein. Nicht wirklich. Ich habe Mist gebaut, Jana. Wie Darian, nur schlimmer.«

»Das ist definitiv nicht möglich. So gerissen bist du nicht«, lachte Jana und sorgte damit dafür, dass es mir zumindest wieder eine Spur besser ging.

Während ich noch zweimal tief ein- und ausatmete, traf ich eine Entscheidung. Ich würde Jana von Darians Brief erzählen. Zumindest von den ersten beiden Teilen. Sie sollte die volle

Wahrheit über Darian und Georg erfahren, aber nicht über die Rolle, die Darian dabei gespielt hatte, dass Christian Abschied von Jana nahm. Diese Kraft hatte ich nicht.

Außerdem würde es ohnehin nichts ändern. Ich konnte nichts für Jana tun, und Darian letzten Endes auch nicht. Denn da stand ihm nun einmal sein Stolz im Weg. Christian gegenüber seinen Fehler zugeben, das konnte er garantiert nicht.

Also schwieg ich zu diesem Thema. Ich wollte Jana ersparen, all die Dinge, die hätten sein können, noch einmal durchleben zu müssen. Diesmal wollte ich meine beste Freundin schützen. Vor drei Dingen. Vor dem Schmerz der verlorenen ersten großen Liebe. Vor Darian. Und auch vor mir.

•••

»Aber was machen wir jetzt wegen Georg?«, fragte mich Jana, nachdem ich ihr alles … fast alles … erzählt hatte. »Ich meine, der Kerl ist ein Blender. Vielleicht sogar ein gefährlicher Betrüger. Müssen wir da nicht die Leute vor ihm warnen? Maria, zum Beispiel. Ihre Eltern sollen es ziemlich dicke haben und eine Großtante hat ihr gerüchteweise auch einiges hinterlassen.«

Ich schüttelte den Kopf. »Nein. Ich möchte das alles vergessen. Maria König ist eine erwachsene Frau und ich habe im Moment wirklich nicht die Kraft, mir weiter über Darian und Georg Gedanken zu machen. Das kann ich nicht. Ich möchte nach vorne blicken. Wegen so Kerlen darf ich keinen Move verpatzen und es soll auch kein Gast länger auf seinen Latte warten müssen. Das sind die beiden Herren nicht wert. Bist du dabei?«

»Klar!«, sagte Jana und dann gingen wir wieder zurück ins Café. Die Episode Darian und Georg war abgeschlossen. Endgültig. Ich, Isabell Bennede, aufstrebende Jurastudentin und Co-Captain eines Cheerleadersquads, passte zu keinem der beiden. Es würde also noch eine Weile dauern, bis ich meinem Prinzen ganz oben von der Pyramide aus zuwinken könnte.

Entropie im Design

....

Zumindest wussten Jana und ich nach ein paar Tagen, dass wir beide die richtige Entscheidung getroffen hatten, den anderen nicht von Darian und Georg zu erzählen. Denn was Maria König anging, der gegenüber ich ein leicht schlechtes Gewissen hatte, schien sich die Sache schnell wieder von ganz alleine erledigt zu haben. Bereits gegen Ende der Woche wurde sie mit einem anderen Kerl gesichtet. Und auch Georg blieb danach kein Kind von Traurigkeit.

Caro-Maries Hand ging es von Tag zu Tag besser und niemand von uns zweifelte mehr daran, dass sie am Tag der Semestereröffnung mit uns cheeren könnte. Außerdem blieb sie voll aktiv. Während mir meine Rolle als aktiver stellvertretender Captain des Squads immer mehr Spaß machte und ich die Trainingseinheiten am Nachmittag leitete, kümmerte sich Caro-Marie um alles, was im Hintergrund zu erledigen war. Sie feilte an unserer Choreografie, sie stimmte den Termin unseres ersten offiziellen Auftritts noch einmal mit Präsident Zimmermann ab, und sie machte sich über das finale Design unserer Cheerleaderuniformen Gedanken.

Alles lief glatt. Wir lagen voll im Plan. Wir hatten das Chaos besiegt.

....

Irgendetwas stimmte nicht. Seit ein paar Tagen wich Kitty immer wieder meinem Blick aus. Mir direkt in die Augen zu sehen, schaffte sie erst recht nicht.

»Hey, Kitty. Was ist los?«, fragte ich sie schließlich.

Kitty stellte das Glas hin, das sie gerade abgetrocknet hatte und seufzte. »Ist so blöde, aber ich wusste nicht, wie ich es dir sagen soll. Lydia ist jetzt mit Georg zusammen«, antwortete sie.

»Was?«, rief Caro-Marie und kam aus der Umkleide herausgerannt. »Bist du dir sicher?«

»Ganz sicher«, antwortete Kitty und zeigte auf die schwarzen Ringe unter ihren Augen. »Die beiden sind nicht gerade leise und die Ausdrücke, die ich trotz des Kissens über meinen Ohren während der letzten Nächte gelernt habe, die will ich hier echt nicht wiederholen. Ich bin so fertig. An Schlafen ist nämlich bei dem ganzen Auf und Ab nicht mehr zu denken. Drückt mir bitte die Daumen, dass die beiden schnell wieder das Interesse aneinander verlieren. Sonst kippe ich noch um.«

Was ist Lydia doch nur für ein hirnloses Trampeltier, dachte ich und tat das einzig Richtige. »Solange kannst du bei uns wohnen«, lud ich Kitty ein. »Eine Matratze passt noch in mein Zimmer.«

»Was echt? Einfach so?«

»Ja. Natürlich.«

Einen Moment später fiel Kitty erst mir und dann Jana um den Hals. »Danke, ihr beiden. Aber ist das wirklich okay für dich, Isabell? Ich meine, ich hatte vor ein paar Wochen das Gefühl, dass du und Georg … und jetzt erzähle ich dir einen von Lydia.«

»Natürlich ist das okay. Du kannst doch nichts dafür, mit wem deine Zimmergenossin zusammen ist. Außerdem sind die beiden ja irgendwie ein super Match. Ich könnte mir sogar vorstellen, dass das hält.«

Wir lachten und überhörten dabei fast das Klopfen an der Tür zum Café. Es war 15:30 Uhr und da hatten wir in der Regel vorne bereits abgeschlossen.

Ich blickte hoch. Anne stand vor der Tür. Ein Mann im dunklen Anzug stützte sie leicht. Es war wahrscheinlich ihr Fahrer, denn ich konnte noch eine schwarze Nobelkiste durch das Fenster sehen.

Und klasse! Hinten auf dem Heckfenster des Wagens prangte ein wahrscheinlich selbst designtes Schild mit rosa Handschrift. *Abi 2019.* Anne hatte definitiv ihren eigenen Willen.

Ich lief nach vorne und öffnete die Tür. »Hey, Anne«, begrüßte ich sie.

»Hey, Isabell. Du hattest doch gesagt, dass ich mal bei eurem Training zusehen könnte. Ich war gerade in der Stadt, hatte Therapie, und habe Jonas gebeten, den kleinen Umweg zu fahren. Kann ich reinkommen?«

»Natürlich«, sagte ich zu Anne und trat zur Seite. »Dein Timing ist perfekt. Wir fangen gleich an und trainieren dann so bis 17:15 Uhr.«

»Können Sie mich danach abholen, Jonas?«, fragte Anne ihren Fahrer.

Jonas nickte und als er gerade gehen wollte, kam Giacomo aus der Küche. »Aber sie müssen vorher noch etwas trinken«, meinte er und lief zu einer der Espresso-Maschinen hinter der Theke.

Während sich Jonas setzte, führte ich Anne in unseren Umkleideraum.

»Das sind Jana, Caro-Marie und Kitty«, stellte ich Anne meine Kameradinnen vor. »Die anderen müssten auch gleich hier sein.«

Anne setzte sich an den Tisch, auf dem Caro-Marie ein paar vorläufige Ausdrucke unserer neuen Uniformdesigns ausgebreitet hatte. Auf den Schnitt hatten wir uns bereits geeinigt: Mittelweite Röcke, die leicht bis über die Knie gingen, und eng ansitzende Oberteile, die über die für diesen Sport benötigte Prise Körperbetonung verfügten.

»Lasst ihr die maßschneidern?«, fragte Anne.

»Nein. Das wäre zu teuer und zu aufwendig. Wir bestellen einfach nach unseren Größen. Das ist immer noch flexibel genug. Farbmuster und Logo können wir nämlich auch so individuell gestalten und drucken lassen. Nur fehlt mir genau dafür im Moment noch die Inspiration. Rot und Weiß kamen gut in Kanada, aber hier zündet das überhaupt nicht. Da fehlt der Pep. Und ohne den müssen wir erst gar nicht auf die Bühne.«

»Darf ich mal?«, fragte Anne vorsichtig und sah sich die Designausdrucke genauer an. »Ich hätte da vielleicht ein paar Ideen.«

Und mit diesem Satz war unser heutiges Nachmittagstraining auch schon beendet, bevor es überhaupt angefangen hatte. Denn nachdem Jonas ihr noch ihr Notebook und ihr Grafiktablett gebracht hatte, begann Anne, unseren Umkleideraum in ein Designstudio zu verwandeln. Dann legte sie los.

• • • •

Sechzig Minuten später brachte keine von uns mehr ein Wort heraus. Anne hatte nicht wirklich viel an dem Designentwurf von Caro-Marie geändert, aber das, was sie getan hatte, wertete alles auf.

Die radikalste Änderung war die der Grundfarbe. Statt weißer würden wir jetzt anthrazitfarbene Uniformen tragen. Zusätzlich hatte Anne an genau den richtigen Stellen ein paar creme- und türkisfarbene Streifen platziert. Definitiv dort, wo es richtig gut wirkte. Ganz ehrlich, wäre ich ein Kerl gewesen, dann hätte ich mich sofort in uns verknallt.

»Die Datei mit dem Design ist unterwegs zu dir«, sagte Anne schließlich zu Caro-Marie. »Die entspricht der Spezifikation von dem Onlineshop, bei dem du bestellen möchtest.«

Immer noch sprachlos loggte sich Caro-Marie in ihren E-Mail-Account ein und lud die Datei herunter, die Anne ihr geschickt hatte. Anschließend machte sie die Bestellung fertig. Bevor Caro-Marie die abschickte, zögerte sie aber noch für einen Moment.

»Wie ist deine Größe?«, fragte sie Anne.

»Wieso?« Anne blickte unsicher zu Caro-Marie.

»Weil die Rhein-Main Reggies jetzt endlich ihre Grafikerin gefunden haben. Und die bekommt eine Uniform«, sagte Caro-Marie.

Ein Sturm zieht auf

••••

Am darauffolgenden Tag seufzte Giacomo mit einem Hauch von unzufriedener Melancholie in seiner Stimme vor sich hin.

»Alles okay?«, fragte ich ihn.

»Ich weiß nicht. Der Gast eben hat mich nach ein paar Tipps gefragt, wo es sich lohnt, in der Innenstadt hinzugehen. Aber ich bin in Mainz aufgewachsen und ich kenne mich hier in Frankfurt noch nicht so gut aus. Da konnte ich ihm nicht helfen. Aber das darf nicht sein. Das ist schlechter Service.«

»Dann werden wir deine Kenntnisse jetzt so schnell wie möglich auffrischen. Einen Termin für eine Führung werden wir schon finden«, sagte ich und Kitty signalisierte mir sofort ihre Unterstützung.

»Heute ist nicht mehr viel los«, sagte Caro-Marie. »Das packen Jana und ich auch alleine. Also los. Zeigt unserem Chef die Stadt. Wir halten hier solange die Stellung.«

••••

Wir fuhren mit der U-Bahn erst einmal ein paar Stationen weit in die Innenstadt. Dort angekommen liefen wir nach oben in die Fußgängerzone. Dort stellte ich mich in den Schatten einer Werbewand, um auf der Onlinekarte meines Smartphones nach einem Aussichtspunkt zu suchen. Ihr wisst schon, was ich meine. Oder? Wir suchten nach einem dieser Firmenhochhäuser, die ihr Dach oder zumindest Teile davon als Aussichtsplattform für

Touristen geöffnet hatten und … und ja! Das war perfekt! Wir standen direkt neben einem.

Nachdem wir die paar Meter zum Eingang des Hochhauses gelaufen waren, betraten wir die breite, zweigeteilte Lobby. Links von uns befand sich eine Securityzone, die wahrscheinlich sicherstellte, dass man nur mit einem Firmenausweis oder nach einer formellen Anmeldung in den Businessbereich des Gebäudes gelangte. Dorthin mussten wir aber nicht, denn gleich rechts führte uns ein Schild zu dem Aufzug zur Besucherplattform. Wir gingen hin und hatten Glück. Der Aufzug kam gerade an und wir konnten einsteigen. Einen Knopfdruck und zwei Minuten später standen wir dann oben auf dem Dach eines Bürohochhauses in der Frankfurter City und bewunderten die Skyline. Giacomo war super beeindruckt und auch Kitty und ich hatten unsere Stadt bisher noch nie aus dieser Perspektive gesehen.

Ich schaute mich um. So um die zwei Dutzend Touristen genossen zusammen mit uns die Aussicht. Wir sahen aber auch ein paar Männer und Frauen im Businesslook, die sich mit oder ohne Lattebecher in der Hand dann doch eine Spur formeller unterhielten als die übrigen Menschen auf dem Dach. Die arbeiteten wahrscheinlich alle für die Firma, die in diesem Hochhaus Büros angemietet hatte.

»Hey, ihr beide gehört doch zu unseren Cheergirls!«, wurden Kitty und ich auf einmal ziemlich euphorisch von zwei jungen Frauen angesprochen.

»Was? Ähh. Ja«, stammelte ich nicht gerade kommunikationskompetent, aber die beiden Frauen ließen sich von meiner irritierten Antwort nicht verwirren und zogen Kitty und mich schnell in eine schattige und zum Glück auch nicht mehr ganz so windige Ecke. Dort zückte eine der Frauen einen Tablett PC, blätterte durch ein paar Seiten und zeigte Kitty und mir schließlich einen Hochglanzbericht über unser Cheerleadingsquad. Es war ein Bericht mit allem drum und dran: Mit Fotos von uns allen, mit einem ausführlichen Interview mit Caro-Marie und … und mit einem Zitat von mir in der Überschrift, in dem ich von meiner Motivation sprach, bei dem Squad mitzumachen.

Die Frau gab Kitty und mir das Tablett und wir sahen uns den Artikel noch einmal genauer an. Für einen kurzen Augenblick ratterte mein Gehirn orientierungslos vor sich hin. Als aber die beiden Frauen enthusiastisch davon schwärmten, wie stolz sie seien, dass Marketing und Finance so einen Hingucker an Land gezogen hätte, da begann ich zu ahnen, wer in diesem Hochhaus Büros angemietet hatte.

»Wir sind auf dem Gebäude der Pemley Bank? Echt jetzt! Sorry, das hatten wir gar nicht gewusst. Wir wollten einem Bekannten Frankfurt zeigen. Giacomo. Wir dürfen im Hof seines Cafés trainieren.«

»Super. Dann ist auch er herzlich willkommen. Ich bin übrigens Julia und das ist Katja«, stellten sich uns die beiden Frauen schließlich vor.

»Und ihr beide arbeitet für die Bank?«, fragte ich.

»Ja. Katja bei Marketing und ich direkt bei Finance. Ihr beide und wir, wir sind also sozusagen Kolleginnen. Klasse, oder? Ich meine, was kann es Besseres geben, als für einen CFO wie Darian Wilhelmson zu arbeiten?«

»Nicht viel, oder?«, stammelte ich mit der Eleganz eines Neandertalers, der sich vorgenommen hatte, Shakespeares Sonetten rückwärts aufzusagen. Aber auch das schreckte Katja und Julia nicht ab und sie schwärmten munter weiter.

»Und ganz unter uns Vieren. Darian sieht doch echt super aus, oder? Hat richtige Ecken und Kanten. Kein Langeweiler von der Modellstange. Kein trockenes Hemd, wenn ihr wisst, was ich meine«, sagte Katja schließlich und wechselte dabei zwinkernd in einen verschwörerisch angehauchten Beste-Freundinnen-Tonfall. »Außerdem ist Darian ja nicht nur was fürs Auge. Familienpolitik hängt er hier so hoch auf, dass unser Betriebsrat in der Richtung gar nichts mehr zu tun hat. Der Betriebskindergarten und die Schulbetreuung waren nach dem Beschluss ruck-zuck durchfinanziert.«

»Und wie ist er so als Chef?«, fragte ich dann doch ziemlich neugierig.

»Ganz klasse«, sagte Julia. »Klare Anweisungen. Höflich und fair zu jedem und vor allem kein Chef, der dich flirty anmacht und bei dem du immer wieder aufpassen musst, wo ihm die Finger reinrutschen. Wir hatten nämlich mal so einen Arsch. Der wurde aber zum Glück vor die Tür gesetzt.«

»Oh«, sagte ich und hatte da so eine Idee, von wem Julia sprach.

»Und ob ihr es jetzt glaubt oder nicht, Darian ist ein echter Romantiker. Er wartet auf 'Die Eine'. Und die, die das einmal wird, die kann sich so was von glücklich schätz…«

Julia stoppte mitten im Satz. Sie zuckte mit einer Mischung aus Schreck und freudiger Überraschung zusammen und winkte dann jemandem zu. Es dauerte keine halbe Sekunde, dann wusste ich wem. Darian war gerade dabei, das Dach zu betreten. Vier Mädchen, alle so um die 14, begleiteten ihn. Seine Sonnenbrille hatte er schon auf. Sah schick aus.

Darian bemerkte uns gleich und lief gut gelaunt zu uns. Er sprach dabei mit einem der Mädchen. Ihr Gesicht hellte sich sofort freudig auf.

»Isabell. Cathryn. Das ist ja wirklich eine Überraschung. Was macht ihr beide hier?«, fragte Darian.

»Wir wollen Giacomo durch Frankfurt führen. Er ist in Mainz aufgewachsen und kennt die Stadt noch nicht so gut«, erklärte Kitty.

»Dann seid ihr genau zur richtigen Zeit am richtigen Ort. Denn jetzt kann ich euch endlich meine kleine Schwester vorstellen. Georgiana Wilhelmson. Der ganze Stolz unserer Familie. Ich bin gerade dabei, mein Versprechen einzulösen, ihr und ihren Freundinnen einmal meinen Arbeitsplatz zu zeigen. Wir haben erst vor ein paar Minuten angefangen. Wie sieht es aus? Möchtet ihr uns begleiten?«

Ich schaute Darian an. Er setzte seine Sonnenbrille ab, steckte sie in seine Sakkotasche und ließ seinen Blick zwischen Kitty und mir hin- und herpendeln. Er schien sich wirklich zu freuen, uns zu sehen.

»Ja. Sehr gerne«, antwortete ich, während Kitty Giacomo herbeiwinkte. Der meinte aber, dass er noch für eine Weile die Aussicht genießen wollte und nachher auch wieder alleine den Weg ins Niederfeld Café finden würde. Er wünschte uns noch viel Spaß. Dann zeigte Darian mit einer einladenden Geste zur Tür, wir verabschiedeten uns noch von Katja und Julia und verließen das Dach.

Auf dem Weg nach unten wurde Kitty und mir schnell klar, dass sich Georgiana noch intensiver mit den Reggies beschäftigt hatte als Katja und Julia. Sie kannte uns alle beim Namen und ich hatte den Eindruck, dass sie unsere Biografien auswendig gelernt hatte.

Und während uns Darian einen Gang entlang durch ein paar Glastüren führte, versuchte ich das Geflecht aus Überraschungen und unerwarteten Ereignissen zu entwirren, das sich während der letzten 30 Minuten vor mir aufgebaut hatte. Ich hatte bis zu diesem Augenblick nicht gewusst, dass Darian eine kleine Schwester hat; und ich hatte mir deshalb niemals Gedanken darüber gemacht, was für ein Mensch sie wohl war. Aber selbst wenn ich das getan hätte, dann hätte ich wahrscheinlich voll danebengelegen und ohne sie zu kennen, Georgiana mit Vorurteilen überhäuft und mir vor meinem inneren Auge eine dummfreche Bitch oder ein jammerndes Prinzesschen vorgestellt.

Aber all das entsprach nicht der Wahrheit. Georgiana war ein ganz normaler Teenager mit drei netten Freundinnen, die sie trotz der Stellung ihres Bruders und ihrer Familie weder diven- noch zickenhaft behandelte. Und das, obwohl die drei von einer Aura der bürgerlichen Normalität umgeben waren.

Bei einem der Mädchen hatte ich zum Beispiel den Eindruck, dass sie ungefähr genauso viel Erfahrung mit dem Einkauf von Second-Hand-Kleidung hatte, wie ich. Und die, die sich gerade angeregt mit Kitty unterhielt, interessierte sich dann vielleicht doch eine Spur zu sehr für die artgerechte Entsorgung von Muffins als ihrer Figur guttat.

Nur spielte all das für Georgiana keine Rolle. Diese vier Mädchen, die waren echte Freundinnen. Das sah man sofort. Es gab keine Hierarchie und keine Hackordnung. Georgiana machte nicht einmal im Ansatz den Eindruck, dass sie sich als etwas Besseres fühlte, nur weil sie einen großen Bruder hatte, der nach Auskunft von zwei vernünftig wirkenden Frauen supergut aussah, ein fairer und respektvoller Chef war und am Ende eventuell gar nicht mehr so richtig in die Schublade für miese Kerle passte, in die ich ihn die letzten Tage über immer mit so viel Leidenschaft hineingequetscht hatte. Also war es ja vielleicht wirklich an der Zeit, mir ein neues Hobby zu suchen.

•••

Während der eigentlichen Tour führte uns Darian dann gut gelaunt durch die verschiedenen Abteilungen der Pemley Bank. Natürlich im Besonderen durch die, in denen es etwas zu sehen gab. So hatten zum Beispiel die Besprechungs- und Präsentationsräume der Marketingabteilung durch ihre leinwandgroßen Smartboards schon etwas vom Flair eines modernen Raumschiffs, das mit Lichtgeschwindigkeit durch unerforschte Galaxien jagt.

Wir kamen schließlich an einem Bereich vorbei, auf dessen Türen etwas von Investmentbanking stand. Durch eine große

Glasscheibe konnte ich auf eine praktisch unendliche Anzahl von Monitoren mit flimmernden Zahlentabellen und vorbeiziehenden Charts blicken. War alles nicht mein Ding. Aber zum Glück meinte Darian, dass wir da heute besser nicht hereingehen sollten. Er warf mir dabei einen fragenden Blick zu und lächelte mich an, als ich zustimmend nickte.

Natürlich fragt ihr euch jetzt, wie es mir während der Führung ging. Na ja, ich freute mich. Ich freute mich wirklich sehr. Denn ungeachtet dessen, was ich Darian vor ein paar Wochen aus frecher Verzweiflung an den Kopf geworfen hatte, war er die ganze Zeit über der charmanteste Gastgeber. Und da ich mir zu einhundert Prozent sicher war, dass es unter Darians Würde gewesen wäre, Kitty und mir auch nur im Ansatz etwas vorzuspielen, fühlte ich mich hier einfach nur willkommen.

Schließlich drifteten meine Gedanken ab. Ein nicht näher zu definierendes Gefühl eines unwiederbringlichen Verlusts machte sich in mir breit. Es ließ mich träumen. Es erschreckte mich. Auf einmal fragte ich mich, was geschehen wäre, wenn ich in jener Nacht in Darians Auto 'Ja' gesagt hätte. Hätten Katja und Julia mich dann nicht nur als das Cheergirl begrüßt, sondern als Darians Freundin? Vielleicht sogar als 'die Eine'? Als das Mädchen, auf das ihr romantischer Boss so lange gewartet hatte?

»Ihr kennt euch ja bereits«, meinte Darian schließlich zu Georgiana, als er uns in ein großes Büro führte. Eine Frau Mitte dreißig mit schulterlangen Regenbogenhaaren saß dort an ihrem Schreibtisch. Georgiana rannte sofort auf sie zu und umarmte sie.

»Darf ich euch Maddy Gärtner vorstellen?«, sagte Darian zu Kitty und mir. »Maddy ist die Leiterin der IT-Security der Pemley Bank. Wir haben sie bei uns im Finanzbereich angesiedelt, da dies der Bereich ist, in dem Cyberkriminelle den meisten Schaden anrichten können. Aber keine Angst. Maddy weiß, wie man mit denen umgeht und ihnen die Behörden auf den Hals hetzt.«

Ich schaute zu Maddy und Georgiana. »Die beiden verstehen sich ziemlich gut«, sagte ich zu Darian.

»Das tun sie. Maddy kann nämlich sehr spannende Geschichten von Hackern und Vampiren erzählen. Darauf stehen die Girls von heute. Also habe ich jetzt erst einmal nichts mehr zu melden. Aber wollen wir drei viellei– ?«

»Nein, Lydia. Bitte. Das kannst du nicht … Lydia.«

Ich blickte zur Seite. Kitty stand in einer Ecke des Raums und telefonierte. Sie versuchte, ihre immer verzweifelter klingende Stimme unter Kontrolle zu halten, aber sie schaffte es nicht. Das passte gar nicht zu diesem sonst so fröhlichen Mädchen.

Ich warf Darian einen entschuldigenden Blick zu und lief zu Kitty. Sie hatte mittlerweile das Gespräch beendet und begann, so stark zu zittern, dass sie es nicht mehr schaffte, ihr Smartphone zurück in die Tasche ihres Rocks zu stecken. Ich bekam es mit der Angst zu tun. »Was ist los?«, fragte ich sie.

»Lydia hat mit Georg ein Sexvideo gedreht«, schoss es aus Kitty heraus. »So ein richtiges. Mit voll rein und raus und…«

…und die Mädchen werden dich hören, wenn du jetzt noch lauter redest, Kitty…

»…und Lydia hatte dabei ihre Cheerleaderuniform an. Die provisorische. Mit unserem Logo. Sie hat mir ein paar Sekunden von dem Ding gestreamt. Alles ganz klar zu erkennen. Auch die Pom-Poms und…«

…und all die anderen Dinge, die wir Georgiana und ihren Freundinnen jetzt nicht im Detail beschreiben sollten…

»Außerdem labert Lydia dabei die ganze Zeit über irren Blödsinn«, sagte Kitty jetzt ein kleines bisschen ruhiger, nachdem ich mich mit ihr auf den Boden gesetzt hatte. »Wie happy sie sei, dass du ihren Georg abserviert hast, nachdem du bekommen hättest, was du von ihm haben wolltest. Lydia scheint echt zu glauben, dass du Georg nach einer Runde hast sitzen lassen! Und das will sie jetzt anscheinend der ganzen Welt verkünden.«

»Das…«

»Ich weiß, dass du das nicht hast.«

»Danke, Kitty«, sagte ich und holte tief Luft. »Allerdings habe ich das Gefühl, dass du mir bisher nur das echt Peinliche, aber noch nicht das wirklich Schlimme erzählt hast. Lydia und Georg haben was mit dem Video vor, oder?«

»Georg will es heute Abend um 22:22 Uhr online stellen. Er hat eine Geldwette mit seinen Kumpels laufen. Wie viele 'Likes' bekommt das Video, bevor es YouTube löscht? Für Georg geht es dabei um ein paar Hundert Euro. So bescheuert ist dieser bekloppte Idiot.«

Wir schwiegen. Uns war klar, was das bedeutete. Sollte das Video jemals seinen Weg in die Social Media finden, dann hätte die Rhein-Main-University keine andere Wahl, als uns die Repräsentanz zu entziehen; und spätestens dann – wahrscheinlich schon viel früher – würde auch die Pemley Bank den Sponsoringvertrag kündigen. Das wäre es dann gewesen. Das Ende von Caro-Maries Traum. Die Geburt der quiekenden Schlampen der RMU.

»Das ist alles meine Schuld!«, schluchzte Kitty.

»Was. Warum?« Ich schaute sie an.

»Ich habe Lydia auf das Squad aufmerksam gemacht. Hätte ich meine Klappe gehalten, dann…«

»Nein! Quatsch. Du bist doch nicht für Lydia verantwortlich. Das ist einzig und allein ihr und Georgs Ding. Dafür kannst du nichts. Dafür kann keine von uns was. Trotzdem müssen wir etwas tun. So schnell wie möglich. Ich habe nur keine Ahnung, wie wir die Sache angehen sollen.«

»Erst einmal zurück ins Niederfeld?«

Ich nickte. Dann bemerkte ich, wie mich Darian besorgt ansah. Ich hatte ihn vollkommen vergessen. Vorsichtig kam er zu Kitty und mir. Ich wusste zuerst nicht, was ich sagen sollte, aber nachdem mir Kitty signalisiert hatte, dass es okay sei, erzählte ich Darian von dem Video und von Georgs Plan.

»Deshalb müssen Kitty und ich jetzt so schnell wie möglich wieder zurück ins Café. Wir müssen die anderen warnen und eine Lösung finden. Ich glaube auch, dass ich meine Mutter einweihen werde. Vielleicht kann uns ja eine ihrer verrückten Ideen weiterhelfen.«

»Dessen bin ich mir sicher«, antwortete Darian ohne jegliche Verachtung und letzten Endes sogar mit einem Hauch von anerkennender Ironie in seiner Stimme. Das machte mich glücklich.

Darian holte ein Smartphone aus seiner Sakkotasche und rief jemanden an. »Tessa. Ich brauche den Dienstwagen … nein, buche auf privat … nicht ich … Bennede. Isabell Bennede…«

Ich schaute Darian fragend an.

»Alles geregelt. Ein Firmenwagen wird euch fahren. Ihr gehört ja auch irgendwie zu uns. Kommt, ich bringe euch runter in die Garage.«

Darian führte uns zum Aufzug. Bevor wir einstiegen, sprach er uns noch einmal auf Giacomo an. Ich war mir zwar sicher, dass sich Giacomo in seinem Solomodus gerade sehr wohlfühlte, aber trotzdem bat ich Darian, Giacomo Bescheid geben zu lassen, dass wir schon wieder auf dem Weg zurück ins Niederfeld Café waren.

• • • •

Als wir in der Tiefgarage der Pemley Bank ankamen, wartete bereits der Wagen auf uns.

»Bringst du die beiden ins Niederfeld Café beim Universitätsgelände«, bat Darian die Fahrerin, während wir einstiegen.

Dann schloss Darian die Tür, schaute Kitty und mich noch einmal aufmunternd an und trat zurück. Wir fuhren los.

••••

Wir standen noch an der ersten roten Ampel, als jemand an die Scheibe vom Beifahrersitz klopfte. Es war Giacomo. Er war vollkommen außer Atem. Ich bat die Fahrerin, ihn hereinzulassen.

»Hat Darian dir erzählt, was los ist?«, fragte ich Giacomo, nachdem er sich angeschnallt hatte.

»Nein, aber wenn ihr Mädchen Hals über Kopf verschwindet, dann weiß ich, dass etwas mit eurem Sport nicht stimmt. Seid ehrlich. Hat diese Lydia was ausgefressen?«

»Ja. Hat sie«, antwortete ich.

Danach begann Kitty Giacomo so sachlich wie möglich zu erzählen, was passiert war. Na ja, zumindest solange bis sie laut losheulte, weil sie immer noch der Meinung war, dass sie an allem Schuld sei. Aber zum Glück sah auch Giacomo das ganz anders.

»Okay«, meinte er dann. »Mein Café ist euer Café. Da klärt ihr alles.«

»Giacomo. Das musst du nicht. Wir können uns auch bei mir treffen.«

»Unsinn. Euch habe ich zu verdanken, dass die Leute sagen, dass das Niederfeld Café das Café ist, in dem man von den netten Mädchen mit der guten Laune bedient wird. Das soll so bleiben. Dafür werde ich meinen Teil tun. Ich kann auch deine Mutter holen, wenn du das möchtest.«

»Danke, Giacomo. Sehr gerne«, antwortete ich.

Und während Kitty immer noch schniefend in meinen Armen lag, hatte ich keine Ahnung, ob wir ins Endspiel oder in den Abgrund fuhren.

BLACKOUT

••••

Eine halbe Stunde später saßen Jana, Kitty, Caro-Marie und ich zusammen im Niederfeld Café und überlegten, wie es weitergehen sollte. Auch Giacomo war mittlerweile mit meiner Mutter eingetroffen.

Wir beschlossen, dass es das Beste wäre, wenn meine Mutter und Giacomo bei YouTube anrufen und die besorgten Eltern spielen würden.

»Also, dann lasst uns das mal mit dem Dup-Duup klären«, meinte meine Mutter und griff zum Telefon, das Giacomo neben sie gestellt hatte. Nur so supererfolgreich verlief der Anruf nicht. Lydia und Georg waren beide über 18. Also war der Dreh legal. Außerdem hatte Georgs Kanal bisher noch nie gegen eine Regel verstoßen, da wollte die Hotline das Konto nicht auf Verdacht sperren. Man versprach uns zwar, seine Uploads im Auge behalten, aber uns war klar, dass falls Georg das Video hochladen würde, dann würden ein paar Sekunden an Verfügbarkeit ausreichen, um unserer Squad für immer zu zerstören. Das Internet vergisst niemals.

»Dann eben von Mann zu Mann«, sagte Giacomo schließlich mit fast Angst einflößender Entschlossenheit. »Wisst ihr, wo der Kerl wohnt?«

Ich schüttelte den Kopf, aber Kitty meinte, dass sie vorhin im Wohnheimzimmer noch Lydias Notizbuch hat mitgehen lassen. So ganz aus Versehen. Denn da stand Georgs Adresse drin.

Giacomo notierte sich die, ging dann hinter die Theke und nahm fünf 100-Euro-Scheine aus der Kasse heraus.

Erst jetzt wurde mir klar, was Giacomo damit gemeint hatte, dass er die Sache mit Georg 'von Mann zu Mann' regeln wollte. Ich schaute die anderen an. Das Geld würden wir Giacomo zurückzahlen. Da gab es keine Diskussion.

»Macht euch bitte keine Sorgen und kümmert euch um die Gäste, die gleich kommen werden«, sagte Giacomo, zog seinen Sommertrenchcoat an und verließ das Café.

• • • •

Der Trubel beim Bedienen lenkte uns erst einmal ab, aber als kurz nach 22:00 Uhr auch der letzte Gast gegangen war, spürten wir alle wieder die Panik in uns aufsteigen. Wir setzten uns an einen Tisch, fuhren Caro-Maries Notebook hoch und riefen Georgs YouTube Kanal auf.

Die Sekunden tickten mit grausamer Zähheit vor sich hin. Jede Minute aktualisierten wir die Seite. 22:18 Uhr … 22:19 Uhr … 22:20 Uhr … 22:21 Uhr und … und Fehlermeldung. Der Kanal sei geschlossen.

Das täte YouTube leid :-(

Uns aber nicht :-)

DER TYP, DER NICHT MEIN TYP WAR

••••

Zwanzig Minuten und eine Menge Jubel später kam Giacomo wieder in das Café. Er schien müde zu sein, aber zufrieden.

»Ihr schuldet mir nichts. Wirklich nicht. War mir eine Ehre«, sagte er gleich. »Aber kommt ihr um diese Zeit noch sicher nach Hause?«

»Ja«, antwortete ich. »Wir bringen erst Caro-Marie zum Bus und gehen dann zu dritt zu mir.«

Giacomo nickte zufrieden und signalisierte uns dann, dass damit der Tag für alle beendet war.

Bevor wir das Café verließen, schloss ich noch einmal die Augen und atmete tief durch. Ich war Giacomo so unglaublich dankbar.

••••

Nachdem wir schließlich bei mir zu Hause angekommen waren, wuselten die Ereignisse des Tages noch lange durch unsere Köpfe und keine von uns konnte schnell einschlafen. Aber auch wenn erst einmal nur Lydias und Georgs verantwortungslose Gemeinheit für meine eigene Schlaflosigkeit verantwortlich war, so konnte ich doch recht schnell nur noch an Darian denken.

Seit unserem ersten Treffen beim Tryout hatte sich Darian uns gegenüber stocksteif verhalten. Er war sachlich. Er war fair. Aber er blieb auf emotionaler Distanz und er ließ hier und da immer mal wieder ein gutes Stück an Stolz und Vorurteil aufblitzen, das mir sehr wehgetan hatte, auch wenn es garantiert niemals Darians Absicht gewesen war, mich zu verletzen.

Aber vielleicht baut man ja so einen emotionalen Schutzschild auf, wenn man die Erfahrung macht, dass eine Frau, für die man Gefühle empfindet, sich nur deshalb für einen interessiert, weil sie sich durch die intime Beziehung zu einem Bankvorstand definieren möchte – und nicht durch das, was man ihr als Mensch zu bieten hat. Und wenn man dann noch erlebt, wie jemand, mit dem man seit seiner Kindheit befreundet ist, einen wegen des schnellen Thrills auf riskantes Geld hintergeht, dann wird man vielleicht wirklich misstrauisch, wenn auf einmal eine junge Frau auftaucht und einem Kollegen den Kopf verdreht.

Bitte versteht mich jetzt richtig. Ich nehme Darian nicht in Schutz. Auf gar keinen Fall! In Sachen Jana und Christian hat er großen, hat er ganz ganz großen Mist gebaut. Das werde ich ihm niemals verzeihen können. Aber ich kann mir sein Verhalten mittlerweile erklären, und deshalb werde ich mir die Sache in vielleicht 20 Jahren, oder meinetwegen auch schon etwas früher, noch einmal durch den Kopf gehen lassen.

Denn viele andere Dinge, die Darian sonst tut, die sind ja so wunderbar. Wie er Anne behandelt, zum Beispiel. Vollkommen normal. Er sieht in ihr nicht die große Tragödie der Judith Rosings, die es zu bedauern und zu verstecken gilt. Anne ist seine kleine Cousine, der er mit natürlicher Selbstverständlichkeit die Hand in den Momenten reicht, in denen sie Hilfe benötigt. Und was mir seine Kolleginnen über ihn erzählt haben oder die Art, wie er mit seiner Schwester und deren Freundinnen umgeht, ist so unglaublich liebenswert. Genau wie die Tatsache, dass er nicht nachtragend ist.

Du kannst mich mal hatte ich Darian in seinem Wagen an den Kopf geworfen und war dann vor ihm geflüchtet. Trotzdem hat er Kitty, Giacomo und mich herzlich begrüßt, als wir rein zufällig auf dem Dach der Pemley Bank gelandet waren. Er hat uns sogar herumgeführt; mit einem Stolz in den Augen, den ich ihm in diesem Augenblick von ganzem Herzen gegönnt habe.

Denn diese Mühe hätte sich Darian nicht machen müssen. Es hätte voll und ganz gereicht, den Schein zu wahren und uns schnell Mal die Hand zu geben. Danach hätte er sich wieder verdrücken können. Aber das hat Darian nicht getan. Stattdessen hat er uns eingeladen, den Nachmittag mit ihm und seiner Schwester zu verbringen. Ohne es zu sagen, hatte er mir bereits verziehen.

Und jetzt hatte ich mich verliebt in diesen Typen, der mit seinem kernigen Drei-Tage-Bart und seiner Sonnenbrille so was von gar nicht mein Typ war.

Nur war es dafür zu spät. Jemandem etwas zu verzeihen, das ist eine Sache. Das stellt die Emotionen und die Wut wieder auf neutral. Aber das reicht nicht. Das ist nicht genug. Denn vieles von dem, was ich nach dem Empfang in der Villa von Judith Rosings gesagt und getan hatte, würde Darian nicht gerade dazu ermutigen, vielleicht doch noch einmal etwas mehr Zeit mit mir verbringen zu wollen.

Außerdem, warum sollte er das überhaupt tun? Jemand wie Darian, der eine Gefährtin mit Stil suchte, der musste sich von so einer wie mir fernhalten. Von einer, die mit Georg rumgemacht hat.

Nein! Das habe ich natürlich nicht. Das wisst ihr ja. Trotzdem fühlte ich mich nicht gut und begann, leicht zu zittern. Denn während ich in meinem Zimmer wach lag, hatte ich mittlerweile ganz ehrlich gesagt keine Ahnung mehr, was ich eigentlich von Georg gewollt hatte und wozu ich bereit gewesen wäre.

Aber auch das spielte jetzt keine Rolle mehr. Letzten Endes hatte genau die Tatsache, dass ich mich in Georgs Nähe einmal sehr wohlgefühlt hatte, dazu geführt, dass unser Squad heute fast in den Abgrund gerissen worden wäre. Ich kleines naives Dummerchen hatte nicht verstanden, was Georg für ein verlogener Blender war. In so jemanden konnte sich Darian nicht mehr verlieben. Das war ausgeschlossen. Er würde mich vergessen. Kein Fingerschnippen in diesem Universum könnte das wieder rückgängig machen. Ich hatte es verpatzt.

Also ist diese Zeile hier das Ende meiner Geschichte.

KALTER KAFFEE, HEISSE NEWS

••••

Ich wachte am darauffolgenden Morgen auf und wunderte mich, dass ich noch da war. Anschließend machte ich mich zusammen mit Jana und Kitty so schnell wie möglich fertig und dann auf den Weg zur Arbeit. Nach dem, was Giacomo gestern Abend für uns getan hatte, wollten wir heute im Niederfeld Café alles geben.

Der gesamte Morgen verlief dann recht ruhig, allerdings würgte Giacomo sofort jeden Versuch ab, mit ihm darüber reden zu wollen, wie wir ihm das Geld, das er Georg gegeben hatte, zurückzahlen könnten. Er meinte, er hätte einen Deal mit einem Gentleman gemacht und an diesen würde er sich halten. Also umarmten wir alle noch einmal Giacomo und respektierten dann seine Bitte, dass die Sache damit wirklich erledigt sei.

Elinor und Marianne kamen schon eine halbe Stunde vor dem Nachmittagstraining in das Café. Caro-Marie hatte ihnen gesimst. Sie wollte mit uns über Lydia reden.

Wir waren uns schnell einig, dass für Lydia mittelfristig kein Platz mehr in dem Squad war. Allerdings wollte Caro-Marie sie nicht so kurz vor der Eröffnungsvorführung herauswerfen. Lydia war nun einmal fest in die Choreografie eingeplant. Außerdem brauchten wir eine Reserve, falls noch einmal eine von uns ausfallen sollte.

••••

Mit ihrer üblichen 15-minütigen-Verspätung tauchte dann auch Lydia zum Training auf. Aber nicht alleine, sondern mit ihrem

Georg im Schlepptau. Sie hatte ihn eingeladen, bei unseren Trainings zuzuschauen, wann immer er wollte. Aber dass Lydia ein dummes Trampeltier ist, hatte ich euch ja bereits erzählt.

Das echt Krasse dabei war, dass sich Georg nichts anmerken ließ. Er tat so, als sei nichts geschehen und als ob er und Giacomo sich noch nie begegnet wären. Also beschlossen wir, uns ihm gegenüber freundlich distanziert zu verhalten. Wer weiß, auf was für Ideen er sonst noch gekommen wäre.

Und dann verspürte ich einen Stich. Mir wurde klar, dass solange Lydia und Georg zusammen waren, solange würde sie ihn überall mit hinschleppen. Zum Training und – noch viel schlimmer! – zur Eröffnungsvorführung am ersten Tag des neuen Semesters. Aber das würde Darian und Christian einen diesmal wirklich nachvollziehbaren Grund geben, dem Squad auch weiterhin fernzubleiben. Denn auf einer Veranstaltung nett plaudernd mit Georg gesehen zu werden, das ging nicht. Das konnten sich Darian und Christian in ihrer Position nicht leisten. Nicht nach dem, was Georg in der Pemley Bank alles abgezogen hatte. Das verstand ich voll und ganz. Nur erlosch damit auch der letzte Funke an Hoffnung, Darian vielleicht doch noch einmal treffen zu können. Es war vorbei.

Bevor ich mich aber weiter meiner Melancholie hingeben konnte, riss mich Georgs Stimme aus meinen Gedanken. »Bekomme ich auch etwas zu trinken?«, fragte er und gab mir drei Euro.

»Klar. Bedien dich«, sagte Kitty und knallte eine ungespülte Tasse und eine Kanne mit kaltem Kaffee vom letzten Abend auf die Theke. Dann drehte sie sich um und ging nach hinten in die Umkleide. Ich folgte ihr.

•••

»Es freut mich wirklich, wie nett du und die anderen mich empfangen haben«, sagte Georg nach dem Training zu mir, während ich die Theke sauber wischte.

»Ja natürlich. Wir gehören nämlich nicht zu den Menschen, denen es nichts ausmacht, wegen ein paar schnell geklickter Euro die Träume anderer zu zerstören.«

Georg tat schuldlos und legte dabei das charmante Lächeln auf, mit dem er mich vor ein paar Wochen noch verzaubert hatte. Doch dagegen war ich mittlerweile immun. Jetzt fand ich es nur noch ekelerregend und hätte ihm am liebsten ins Gesicht gekotzt. Aber hey, als angehende Juristin hatte ich mehr drauf und lächelte erst einmal nur zurück.

»Also bleiben wir beide Freunde?«, sagte Georg und hielt mir seine Hand hin.

»Wir werden immer Freunde bleiben, Georg«, sagte ich und ergriff seine Hand. »Und da wir beide jetzt all unsere Geheimnisse kennen, werden wir auch immer nett zueinander sein. Denn Freundschaft ist ein Investment; und wie ich von einem gemeinsamen Freund gehört habe, liegt dir ja sehr viel an diesem Thema.«

»Selbstverständlich«, sagte Georg und lächelte mich weiter an. Trotzdem signalisierte mir das Flackern in seinen Augen, dass ich eben nicht nur seinen Schutzschild durchbrochen, sondern auch noch einen Volltreffer gelandet hatte. Das Squad war erst einmal sicher.

• • • •

Während wir hinterher noch in der Umkleide unsere Sachen sortierten, plapperte Lydia die ganze Zeit über wie eine wild Besoffene vor sich hin und erzählte uns in allen Details von dem besten Sex ihres Lebens, den sie gestern Abend gehabt hätte. Wir alle waren definitiv g-e-n-e-r-v-t!

Schließlich kam Lydia kumpelhaft auf mich zu.

»Also, ich will dir nur sagen, Isabell, dass ich echt nicht sauer auf dich bin. Du weißt schon. Wegen dem, was du mit meinen Georg abgezogen hast.«

»Danke, das ist sehr lieb von dir, Lydia.«

»Aber dass du so eine bist, hätte ich nicht gedacht«, giggelte Lydia und klopfte mir mit einer Art von schräger Anerkennung auf die Schulter. »Aber das soll mir nur recht sein, denn jetzt habe ich am laufenden Band den Spaß, den du ja nur einmal haben wolltest. Also echt danke! Und von Girl zu Girl. Georg und ich hätten gestern Abend ja auch fast den Rekord im du-weißt-schon-was aufgestellt, wenn nicht auf einmal dieser Steifstock von der Bank zusammen mit seiner Regenbogenlesbe vor der Tür gestanden hätte.«

»Was? Darian und Maddy Gärtner.«

»Ja. Genau der Typ. Kam rein, hat mit Georg geredet und ihm einen Brief gegeben. Den hat Georg gelesen und dann der Lesbe sein Notebook in die Hand gedrückt. Dafür hat er ein neues bekommen. Marke supergeil und noch viel schneller. Georg war echt happy. Außerdem glaube ich, dass er befördert wurde. In dem Umschlag haben nämlich auch ein paar Scheine geknistert. Girls, was hab ich nur für einen super Fang gemacht! Aber hey, alles gut. Du wirst immer meine Freundin bleiben, Isabell.«

»Ja. Du auch, Lydia«, antwortete ich geistesabwesend und ertappte mich dabei, auch ihr auf die Schulter zu klopfen.

Schnell erfand ich eine Ausrede, um mit Giacomo zu reden. Er war in seinem kleinen Seitenbüro. Ich ging rein, schloss die Tür, setzte mich hin und sah ihn an. Er seufzte.

»Ihr habt mich erwischt, oder?«

»Die anderen wissen von nichts und Lydia ist viel zu doof, um ihr eigenes Gelabere zu verstehen. Geschweige denn, um eins und eins zusammenzuzählen. Giacomo was…?«

»Ich hatte gestern Abend gerade vor der Wohnung von diesem Georg geparkt, als Herr Wilhelmson mit seiner Begleitung neben mir hielt. Er ahnte, was ich vorhatte, und bat mich, im Wagen auf ihn zu warten. Die beiden kamen nach einer Viertelstunde wieder aus der Wohnung und Herr Wilhelmson sagte mir dann, dass die Sache erledigt sei. Er meinte aber, dass ich den ganzen Ruhm verdient hätte und dass er nicht wolle, dass ich euch von ihm erzähle. Weißt du, Isabell, ich halte Herrn Wilhelmson für einen grundanständigen Mann. Also habe ich getan, worum er mich gebeten hat.«

»Danke, Giacomo. Du bist auch ein grundanständiger Mann«, sagte ich. Meine Augen wurden feucht.

»Wirst du es den anderen sagen?«

»Nicht wirklich. Aber ich werde auch nicht alles für mich behalten können.«

»Du packst das schon. Ich vertraue dir«, sagte Giacomo.

Ich verließ sein Büro. Als ich wieder die Umkleide betrat, sah ich Jana an. Uns stand eine lange und tränenreiche Nacht bevor, denn ich hatte gerade beschlossen, ihr alles zu erzählen. Die Zeit der Geheimnisse war vorbei.

EIN ANFANG VON EINEM ENDE

• • • •

Als Jana, Kitty und ich am nächsten Morgen das Niederfeld Café betraten, war unsere Freundschaft gefestigt wie nie zuvor. Alle Fehler, die ich im Laufe der letzten Wochen gemacht hatte, hatte Jana mir verziehen und gemeint, dass es doch gar nichts zu verzeihen gäbe. Auch Kitty hatte gesagt, dass gerade diese Dinge ein Squad zusammenschweißen würden.

Drinnen im Café war Caro-Marie bereits dabei, die Gäste zu bedienen. Elinor und Marianne waren auch schon da. Als Giacomo uns sah, meinte er zu Caro-Marie, dass er die nächsten dreißig Minuten die Stellung halten würde. Happy schnappte sich Caro-Marie Jana, Kitty und mich und zog uns nach hinten in die Umkleide. Dort saß bereits Anne und winkte mir zu. Vor ihr auf einem Tisch lagen unsere neuen Uniformen, die anscheinend heute Morgen geliefert worden waren. Wir zogen sie an und ließen uns eine halbe Stunde später von Giacomo bewundern.

»Ist es okay, wenn wir die kommenden Tage über in den Uniformen bedienen?«, fragte Caro-Marie. »Damit können wir noch einmal Werbung für unseren Auftritt machen.«

»Was euch glücklich macht, das macht unsere Gäste glücklich. Und was unsere Gäste glücklich macht, das macht mich glücklich«, antwortete Giacomo und zeigte dann zu einer gut beleuchteten leeren Fläche an einer Seitenwand des Cafés. »Die ist für euch. Da könnt ihr Poster hinhängen, wenn ihr wollt.«

»Prima. Ich habe auch schon ein paar Ideen!«, rief Anne von hinten.

• • • •

Wir näherten uns den frühen Abendstunden. Das Cheertraining in der Nachmittagspause hatten wir bereits beendet und von unserem Squad waren nur noch Jana, Kitty und ich im Café. Wir trugen alle weiterhin stolz unsere Uniformen. Jana war mit Aufräumen beschäftigt, als sie auf einmal versteinerte und ihr dabei eine Cappuccinotasse aus der Hand rutschte. Geistesgegenwärtig fing Giacomo sie auf. Dann begann er, zu grinsen.

Ich blickte zur Eingangstür. Darian und Christian kamen in das Café. Christian hielt einen Blumenstrauß in der Hand. Rosen. Rote Rosen.

»Du und du«, sagte Giacomo zu Kitty und mir, »ihr macht den Zweiertisch da hinten fertig. Kerzen nicht vergessen. Und du, Jana, du bedienst jetzt sofort unsere neuen Gäste und nimmst dir dann frei, wenn du möchtest.«

Kitty und ich stürzten los und richteten den Tisch her. Wir stellten Kerzen drauf und zündeten sie an. Giacomo legte romantische Musik auf und nahm einem telefonierenden Gast das Smartphone weg. Als wir wieder zurück zur Theke gingen, kamen uns auch schon Jana und Christian entgegen. Zeit für Kitty und mich, uns in den Seitenflur zu verziehen.

Aus dem Augenwinkel heraus sah ich noch, wie Giacomo Darian, der sich mittlerweile an die Theke gesetzt hatte, einen Cappuccino brachte.

»In Ihrem Büro schmeckt der wahrscheinlich noch viel besser«, meinte Darian. Giacomo nickte freudig, nahm noch eine Flasche Chianti und zwei Gläser mit und verschwand zusammen mit Darian ebenfalls aus dem Raum.

•••

Weder Kitty noch ich bekamen Luft, als uns Jana eine halbe Stunde später umarmte.

»Wir sind zusammen. Christian und ich sind zusammen. Darian kam gestern Abend zu ihm und hat alles gebeichtet. Oh Mann, Christian wollte sich zuerst im Darknet anmelden, um sich zwei Pistolen und einen Sekundanten für ein Duell zu mieten. Aber die Jungs haben das dann anders geregelt«, lachte sie.

»Wir freuen uns so für dich«, sagten Kitty und ich im Chor. »Für euch beide.«

»Also habe ich jetzt einen Freund. Nein. Ich hatte einen. Für fünf Minuten«, sagte Jana.

»Was?« Meine Stimme brach zusammen und auch Kitty versteinerte.

»Nein. Alles in Ordnung. Christian und ich, wir sind der Meinung, dass wir durch die ganzen Missverständnisse schon viel zu viel Zeit verloren haben. Außerdem hat er ja einen soliden Job und findet Architektur super. Wir haben uns verlobt. Christian erzählt es gerade Darian und fragt ihn, was ich dich jetzt frage, Isabell. Du weißt schon. Trauzeugin und so.«

»Ja, natürlich, Jana…«, rief ich; und dann heulte meine Freundin los.

»Das heißt aber auch, dass ich bald ausziehen werde«, meinte sie.

»Aber es waren drei tolle Jahre. Eine super Zeit. Die werden wir niemals vergessen«, sagte ich und spürte, wie auch meine Emotionen herausbrachen.

•••

Die Sache machte superschnell die Runde. Noch am selben Abend schickte Caro-Marie eine Glückwunsch-SMS und betonte gleich, dass das alles natürlich nicht gegen die Cheerregeln verstoßen würde. Anne, Elinor und Marianne gratulierten am nächsten Tag.

Der verlief dann auch vollkommen ruhig. Giacomo machte Anne einen Schreibtisch in seinem Büro frei, an dem sie das Poster und die Flyer für unseren ersten offiziellen Auftritt entwarf. Wie angekündigt bedienten wir den ganzen Tag über in unseren Cheerleadinguniformen und begannen dann am Nachmittag mit dem Training.

Mit der Präzision eines gecrackten Schweizer Uhrwerks kam Lydia wie immer zu spät. Sie hatte weiterhin ihren Georg im Schlepptau und der wurde von Kitty auch gleich wieder mit einer Kanne kaltem Kaffee und einer Tasse, die sie mit viel botanischer Liebe extra für diesem Zweck kultiviert hatte, begrüßt.

»Der ist so gut, da darf diesmal kein Tropfen übrig bleiben«, befahl sie ihm.

FORDERUNGEN

••••

Ein weiterer Tag näherte sich seinem Ende. Während Jana, Kitty und Caro-Marie im Café noch alles zusammenräumten, brachte ich den Müll raus. Die Tonne stand hinten in einer immerhin gut beleuchteten Seitengasse.

Ein weißer Audi Cabrio hielt neben mir. Am Steuer saß Judith Rosings. Sie stellte den Motor ab und stieg aus dem Wagen aus. Dann ging sie zielstrebig auf mich zu. Ich hatte zwar nicht die geringste Ahnung, was sie von mir wollte, allerdings war ich mir schnell ziemlich sicher, dass in dieser Nacht bereits nach 21:30 Uhr nicht Gutes mehr geschehen würde.

»Ich möchte klarstellen, dass ich das, was sich zwischen Ihnen und meinem Neffen anbahnt, nicht gutheiße. Sie haben bereits meine Tochter in ihren albernen Flausen bestätigt, aber was Darian und seine Rolle in der Zukunft meiner Kanzlei angeht, da ziehe ich eine Grenze. Ich erwarte von Ihnen, dass sie dies respektieren. Habe ich Ihr Wort, Isabell?«, legte Judith Rosings los.

»Worum geht es hier, Frau Rosings?«

»Ich möchte Darian in meiner Kanzlei. Eines Tages muss jemand die Leitung übernehmen, dem ich voll und ganz vertrauen kann. Aber wenn Darian jetzt an einer Jurastudentin herumspielt, dann wird er sich von unserer Profession fernhalten. Sie kennen ihn ja. Er vermischt nicht gerne Arbeit und Abenteuer.«

»Das ist doch absoluter Blödsinn. Es gibt viele glückliche Paare, die im gleichen Beruf arbei…«

»Ja, das ist Blödsinn. Überlegen Sie doch mal. Wo kommen Sie her, Isabell? Was haben Sie meinem Neffen zu bieten? Was haben Sie uns zu bieten? Ich habe doch mitbekommen, dass Sie nichts zu Ende bringen können. Wegen ein bisschen eingeschnappter Eitelkeit haben Sie die Chance Ihres Lebens in den Dreck geworfen. Anstatt Ihr Praktikum bei einer der angesehensten und einflussreichsten Kanzleien in Deutschland anzutreten, haben Sie sich dazu entschlossen, Müll zu entsorgen. Hören Sie, ich heiße das Verhalten, das Carl Ihnen gegenüber an den Tag gelegt hat, nicht gut. Trotzdem bin ich ihm am Ende des Tages dankbar. Denn es hat uns die Augen geöffnet. Es hat uns Ihre Schwäche offenbart.«

»*Meine* Schwäche?«

»Du hast keinen Biss, Isabell. Du kannst wahrscheinlich gut lesen und prima Essays schreiben, aber glaube ja nicht, dass dich die Professoren ernst nehmen, mein Schätzchen. Die haben alle Mitleid mit der Süßen und werden später auf Nachfrage empfehlen, dass du mal Briefe tippst und in schöner Mädchenschrift Aufkleber auf die Akten machst. Das ist deine Zukunft. Du kommst aus dem Nichts und dort wirst du auch bleiben. Solltest du es trotzdem wagen, deine Sphäre verlassen zu wollen, dann werde ich dafür sorgen, dass man dich zurechtstutzt. Was dann noch von dir übrig bleibt, das kannst du dir sehr wahrscheinlich denken.«

»Ich habe Sie immer bewundert, Judith, und ich habe mich nicht geirrt. Sie sind eine brillante Rhetorikerin, denn sonst hätten Sie es nicht geschafft, mich in nur fünf Minuten in jeder nur erdenklichen Art und Weise zu beleidigen. Trotzdem werde ich keinen Rat von Ihnen annehmen. Ich möchte vielmehr Ihnen empfehlen, dass Sie anstatt sich Gedanken über meine Karriere zu machen, Sie erst einmal richtig stolz auf das sein sollten, was Anne alles erreicht hat. Ihre Tochter ist ein wundervoller Mensch und dass sie mittlerweile ein geschätztes Mitglied eines Cheerleadersquads ist, haben Sie wahrscheinlich gar nicht mitbekommen. Zu Darian und mir möchte ich nur so viel sagen: Man hat Sie falsch informiert. Es ist nichts zwischen uns und ich kann auch keinen Grund erkennen, weshalb sich das eines Tages ändern sollte.«

»Also gibst du mir dein Wort, dich von ihm fernzuhalten?«

»Nein. Das gebe ich Ihnen nicht, Judith. Sie haben kein Recht, dies einzufordern. Es ist einzig und allein meine Entscheidung, dass Darian und ich in Zukunft lediglich Bekannte sein werden. Und Ihr Recht, eine Bitte an mich zu äußern, haben Sie verspielt. Denken Sie also nicht einmal im Traum daran, sich in mein Leben einzumischen oder mir zu drohen. Aber jetzt entschuldigen Sie mich bitte. Ich habe noch Wichtigeres zu tun, als mich von Ihnen von meiner Arbeit abhalten zu lassen. Ich muss mich um den Müll kümmern.«

Und mit diesen Worten ließ ich Judith Rosings, eine der angesehensten und einflussreichsten Anwältinnen Deutschlands, in einer immerhin gut beleuchteten Seitengasse stehen.

FRAGE UND ANTWORT

....

9:00 Uhr morgens. Noch vier Stunden. Wir saßen im Niederfeld Café und besprachen unseren Auftritt, der heute, am ersten Tag des neuen Semesters, um 13:00 Uhr beginnen sollte.

Giacomo hatte uns wie versprochen erlaubt, die letzten Tage über in Cheerleadinguniform zu servieren, und heute überraschte er uns damit, dass er einen alkoholfreien Spirit-Cocktail ins Programm genommen hatte, der sich von der Optik her an dem Farbschema orientierte, das Anne für unser Squad entworfen hatte.

Ich schaute zu Jana. Ihr Auszug war bereits für die kommende Woche geplant. Es brach mir das Herz und ich freute mich so unendlich für sie.

Es klopfte an der Tür. Darian, Christian und Henrietta Carlson standen draußen. Giacomo lief nach vorne und ließ sie herein. Henrietta hatte eine Spiegelreflexkamera über ihrer Schulter hängen und eine Fototasche in der Hand, an die sie noch ein klappbares Stativ geklemmt hatte. Christian war mit Blumensträußen überladen und drückte jeder von uns einen in die Hand. Der für Jana war eine Spur größer. Aber als Christian begann, sich dafür zu entschuldigen, meinte Kitty nur trocken, dass wir ihn verprügelt hätten, wenn das nicht so gewesen wäre.

»Zum Abschied. Blumen. Für mich. Wie süß. Ich hab euch alle so lieb«, quiekte Lydia und erinnerte uns daran, dass der heutige Auftritt ihr letzter sein würde. Sie und ihr Georg wollten nach Norddeutschland ziehen. Er hätte dort was ganz Tolles an Land gezogen, mit dem man auch mal eine Familie ernähren könnte, und Lydia hoffte, dass wir Mädchen das verstehen würden.

Ja, das taten wir. Wir verstanden es von ganzem Herzen. Mit den allerbesten Wünschen für Lydias Zukunft, in der hoffentlich keine von uns noch eine große Rolle spielen würde.

»Wer gibt mir eine Führung?«, fragte Christian und schaute Jana an.

»Lass die Führung bitte Caro-Marie machen«, sagte Jana zu ihrem Verlobten. »Ohne sie wäre keine von uns heute hier.«

»Okay. Los geht's. In einer halben Stunde machen wir noch die Fotos, aber bis dahin will ich sehen, was ihr hier alles auf die Beine gestellt habt«, rief Christian fröhlich. Jana und Caro-Marie packten ihn an den Händen und liefen mit ihm nach hinten in den Trainingsbereich. Die anderen folgten ihnen.

»Gehst du nicht mit?«, fragte mich Darian, der bisher nicht viel mehr gemacht hatte, als Christian dabei zu helfen, die Blumen zu verteilen.

»Ja. Klar. Ist ja noch nicht genug los, da hinten«, sagte ich und drehte mich um.

»Aber vielleicht könntest du mir vorher noch etwas zu trinken bringen?«, rief Darian mir zu und setzte sich an den Tisch, an dem Christian vor ein paar Tagen Jana den Antrag gemacht hatte.

»Gäste haben immer Priorität«, antwortete ich und ging hinter die Theke. Ich schaute mich um. Giacomo war verschwunden. Keine Ahnung, wo er war.

Zwei Minuten später brachte ich Darian einen Latte und setzte mich nach einem kurzen Blickwechsel neben ihn.

»Ich weiß es«, sagte ich.

»Dass…?«, fragte Darian schon eher rhetorisch.

»Dass du uns geholfen hast. Dass du und Maddy Gärtner Georg ein Angebot gemacht haben, dass er nicht ablehnen konnte. Aber bitte sei nicht sauer auf Giacomo. Es ist nicht seine Schuld. Zwischen all dem Blödsinn, den Lydia so geplappert hat, ist ihr rausgerutscht, dass du und Maddy an dem Abend bei Georg waren.

Ich … ich kann dir gar nicht sagen, wie dankbar ich dir bin. Für das, was du für Caro-Marie getan hast.«

»Das war doch selbstverständlich. Denn du hattest recht. Wäre das Video veröffentlicht worden, dann hätten weder die Rhein-Main-University noch wir rechtfertigen können, euer Squad weiter zu fördern. Was das mit Caro-Marie angestellt hätte, das möchte ich mir nicht vorstellen. Aber ich habe es letzten Endes nicht nur für Caro-Marie getan, sondern für euch alle. Ihr habt eine ganze Menge Fans in der Bank.«

»Das ehrt uns.«

»Und ich habe es auch für dich getan, Isabell. Ich schwöre, dass ich nicht einen einzigen Frame des Videos gesehen habe, aber ich habe ein paar Teile davon gehört, als Maddy kurz hereingesehen und es danach sofort der Endgültigkeit des Dateischredders übergeben hat«, sagte Darian, während ich für einen kurzen Augenblick das Gefühl hatte, dass er meine Hand nehmen wollte. »Lydia hat ein paar Mal deinen Namen gesagt. Ziemlich deutlich. Man hätte dich ohne dein Verschulden mit dem Video in Verbindung gebracht. So einen Ruf wird man so schnell nicht wieder los. Der hätte dich bis in dein Berufsleben begleitet. Das hast du nicht verdient. Nicht so jemand wie du.«

»Wie hast du Georg überzeugt?«

»Mit ein paar recht individuellen Vorschlägen. Erst einmal hatte ich Maddy gebeten, mit mir in den Elektromarkt zu fahren und mir dabei zu helfen, dort den wirklich besten Laptop zu kaufen, den die auf Lager haben. Mit allem Drum und Dran. Danach habe ich mir die Stellenanzeigen angesehen und wurde fündig. Ein ehemaliger Kommilitone von mir leitet eine Makleragentur in der Nähe von Hamburg. Vielleicht ist die etwas windig und hat so ihre eigene Art, die Regeln auszulegen, aber sie bricht keine Gesetze. Dort war man auf der Suche nach einem erfahrenen Vertriebsmitarbeiter und ich war der Meinung, dass dies ein guter Job für Georg sein könnte.«

»Den hat Georg einfach so angenommen?«

»Er hat mit sich reden lassen. Vom Grundgehalt her wird sich für ihn erst einmal nicht viel ändern, aber die Verkaufsprovisionen können ihm nette Boni verschaffen. Außerdem weiß Georg sehr genau, dass wenn er hier weiter an Studentinnen herumfummelt, dann … nein, entschuldige bitte den Ausdruck.«

»Quatsch. Das hat es doch genau getroffen«, lachte ich.

»Ja. Georg hat verstanden, dass ihm hier eines Tages alles um die Ohren fliegen wird, wenn er mit seinen Fingern so weitermacht wie bisher. Aber in Hamburg besteht diese Gefahr nicht wirklich. In der Agentur arbeiten praktisch nur Herren mittleren Alters. Da wird es ihm nicht allzu schwerfallen, Berufliches von Privatem zu trennen.«

»Das hätte er ohnehin machen müssen. Ich glaube nämlich nicht, dass er Lydia so schnell wieder loswird.«

»Die beiden haben sich wirklich verdient, oder?«

»Ja. Das haben sie. Aber Darian, sei jetzt bitte ehrlich. War das alles legal? Ich möchte nämlich nicht, dass dir deine guten Taten eines Tages um die Ohren fliegen.«

»Vollkommen legal. Auch um das sicherzustellen, habe ich Maddy mitgenommen. Sie sollte mir auf die Finger hauen, wenn etwas aus der Bahn läuft. Den Laptop habe ich privat bezahlt und es ist nicht verboten, einen alten Studienkollegen zu fragen, ob er einen Job für einen ehemaligen Mitarbeiter hat.«

»Wie hast du Georg angepriesen?«

»In aller Offenheit.«

»Und wie hat dein Studienkollege darauf reagiert?«

»Er hat gelacht und gemeint, dass wenn ich einen Mann wie Georg wegloben würde, dann würde er garantiert gut in die Agentur passen. Nein. Ich war von Anfang an ehrlich und habe ihm gesagt, dass man Georg noch etwas formen und ihm auch klare Grenzen setzen müsste. Aber weißt du. Ganz egal, was ich mittlerweile persönlich von Georg halte, ich bin wirklich der

Überzeugung, dass dieser Agenturjob genau das Richtige für ihn ist. So ist am Ende jeder zufrieden. Und das ist viel besser als Rache.«

»Und für all das hast du Georgs Notebook bekommen?«

Darian nickte. »Ja. Außerdem wird ihm die Agentur ein Zwei-Zimmer-Apartment in Hamburg zur Verfügung stellen und die Umzugskosten übernehmen. Als Bonus habe ich noch etwas Taschengeld und eine Bahnfahrkarte für ihn und Lydia draufgelegt. Die ist übrigens nur 7 Tage gültig, aber ich denke, dass dies auch in deinem Interesse ist.«

»Also Win-Win für alle.«

»Isabell. Ich habe dir zwar in meinem Brief versprochen … ich habe dir garantiert, dass ich dich niemals wieder … und ich halte mich an meine Versprechen, aber ich…«

»Ja.«

»Ja? Ich habe doch noch gar nicht gefragt.«

»Trotzdem 'Ja'.«

»Es ist nur … wenn ich einmal eine Beziehung mit der Richtigen…«

»…mit 'Der Einen'?«

»…mit der Einen, dann … dann hoffe ich, dass so wie bei Christian und Jana…«

»Ja.«

»Isabell. Du weißt, worauf diese Konversation hinausgelaufen wäre, wenn ich eben nicht wie ein Vollidiot gestammelt hätte?«

»Ja, das weiß ich«, antwortete ich, ergriff die Initiative und küsste ihn.

Ich küsste ihn solange, bis irgendwann ein 'Ähem' von Caro-Marie von Weitem ertönte. »Wir sind so weit, die Fotos zu machen, und dazu brauche ich meinen Co-Captain. Außerdem möchte uns Präsident Zimmermann noch einmal vor dem Auftritt sehen.«

»Natürlich«, sagte Darian. Er versuchte, peinlich berührt zu klingen und auch so dreinzuschauen, aber ich wusste, dass er in diesem Moment genauso happy war, wie ich.

Wir ließen uns los und ich ging mit Caro-Marie nach hinten in die Umkleide. Christian kam uns gut gelaunt entgegen. Er und Darian würden jetzt einiges zu besprechen haben.

Als ich die Tür zur Umkleide öffnete, schauten mich alle an.

»Ich habe 'Ja' gesagt«, rief ich in den Raum.

VERTRAUEN

····

»Und du hast keine Angst vor seiner Tante?«, fragte mich Jana, als wir Arm in Arm über den Campus in Richtung des Büros von Präsident Zimmermann liefen.

»Nein. Wirklich nicht«, antwortete ich. »Ich bin Judith Rosings sogar unglaublich dankbar. Dass so jemand wie sie Zeit investiert, um eine mögliche Verbindung zwischen Darian und mir zu verhindern, das hat mir wieder Hoffnung gemacht. Dadurch hat sie mir gezeigt, dass wir immer noch eine Chance haben, wenn wir es nicht verpatzen.«

»Sie hat also mit vollem Erfolg versagt«, lachte Jana. »Aber denkst du, sie wird zurückschlagen?«

»Nein. Darian meint, dass sie bis zur Hochzeit schmollen und mich wie Luft behandeln wird. Er ist sich aber sicher, dass die Sache in spätestens sechs Monaten ausgestanden sein wird. Wahrscheinlich schon viel früher. Immerhin haben wir ja noch Anne auf unserer Seite. Und was dann passiert? Keine Ahnung. Dass einer von uns beiden mal bei Rosings & von der Burgh einsteigt, ist nicht ausgeschlossen.«

•••

Wir kamen ein paar Minuten zu früh im Büro von Präsident Zimmermann an und setzten uns erst einmal auf die Sitzreihe draußen im Flur.

»Die paar Wochen bei dir, zusammen mit Jana, die haben wirklich Spaß gemacht. Die werde ich nie vergessen«, sagte Kitty zu mir. »Na ja. Und viel mehr Pech als mit Lydia kann ich im Wohnheim mit meiner nächsten Zimmergenossin auch nicht haben. Also, dann gebe ich dir den hier schon mal wieder. Ich ziehe heute Abend zurück.«

»Nein. Behalte den Schlüssel erst einmal«, antwortete ich. »Meine Mutter würde sich freuen, wenn du noch ein paar Wochen bei ihr wohnst. Keine Eile. Außerdem hat mir Anne erzählt, dass sie gerne im Wohnheim oder in einer Wohnung nahe der RMU wohnen möchte. Sie will nah ran, ans Studentenleben. So gut, wie sie es eben schafft.«

»Danke. Du bist die Beste«, sagte Kitty und steckte den Schlüssel zu unserer Wohnung wieder in ihre Rocktasche. »Dann denke ich mir zusammen mit Anne was aus.«

Eine Türe wurde geöffnet. »Herr Zimmermann hat jetzt Zeit für Sie«, sagte uns seine Assistentin und zeigte in Richtung seines Büros.

Wir gingen los, aber als ich mich umblickte, merkte ich, dass Lydia fehlte. Ich schaute Caro-Marie an. Sie zuckte mehr erleichtert als besorgt mit den Schultern.

»Frau Stenau. Sie alle. Bitte setzen Sie sich«, begrüßte uns Präsident Zimmermann. »Ich möchte auch nicht viel von Ihrer Zeit stehlen, sondern Ihnen lediglich alles Gute wünschen und Sie um einen kleinen Gefallen bitten, was das Programm angeht. Vielleicht könnten Sie bereits vor meiner Rede auftreten. Dann haben die Leute genug Adrenalin im Blut, um die drei Minuten Langeweile zu überstehen, die ich pflichtgemäß verbreiten muss.«

»Ja. Natürlich.«

»Ich danke Ihnen und … oh, Fräulein Hütte!«

Ich drehte mich um. Lydia polterte in den Raum. Zu spät, wie immer. Mit wippenden Pom-Poms, wie immer.

»Es tut mir so leid, aber ich war eben noch bei meinem Georg. Georg Bösmann. Den kennen Sie sicher. Er arbeitet für Sie. Aber heute ist unser letzter Tag hier an der Uni. Wir werden nämlich in den Norden ziehen.«

»Ich bin mir sicher, dass wir Sie alle vermissen werden«, antwortete Präsident Zimmermann und Lydia bedankte sich für dieses, ähh, Kompliment mit einer Umarmung.

»Ich hätte es Ihnen noch gesagt«, sagte Caro-Marie auf einmal recht vorsichtig zu Präsident Zimmermann. »Es stimmt. Lydia wird das Squad nach der Eröffnungsaufführung verlassen. Wir wissen es auch erst seit heute Morgen. Kam alles sehr plötzlich.«

»Ich bin mir sicher, dass Sie das alles regeln werden. Sie haben mein vollstes Vertrauen. Nur machen Sie sich jetzt besser auf den Weg. Ihre Bühne ist bereits aufgebaut und Sie wollen Ihr Publikum ja nicht warten lassen.«

»Nein. Das wollen wir nicht. Noch einmal vielen Dank für alles«, sagte Caro-Marie. Dann standen wir auf und gingen zur Tür.

»Frau Stenau«, rief uns Präsident Zimmermann nach. »Falls da draußen noch eine Sportmannschaft steht, die eine Förderung von der Universität haben möchte, schicken sie sie rein.«

Klare Positionen

••••

Wir verließen das Verwaltungsgebäude. Draußen auf dem Campus war bereits einiges los. Erstsemester liefen wild durcheinander und wurden dabei von Studenten aus den höheren Semestern beobachtet, die sich wahrscheinlich tierisch freuten, diese Phase ihres Studiums bereits hinter sich gebracht zu haben.

Vorne von der Präsentationsbühne her ertönte bereits munter Cheermusik. Eine junge Frau mit langen schwarzen Haaren kümmerte sich darum, dass unsere Poster für alle sichtbar aufgestellt wurden. Eine zweite, sehr zierliche Frau mit schulterlangen braunen Haaren half ihr dabei und fotografierte den Aufbau.

Ich drehte mich zur Seite und wollte kurz mit Caro-Marie sprechen, aber sie telefonierte.

»Nee, echt jetzt. Wen nehmen die denn alles? Die müssen's ja echt nötig haben«, hörte ich jemanden ganz in unserer Nähe lästern. Ich drehte mich in die Richtung, aus der die Stimme kam und wurde wütend. Zwei aufgebrezelte Tussis machten sich über Anne lustig. Ich tauschte einen Blick mit Elinor und Marianne aus. So nicht!

Anne war mittlerweile stehen geblieben und schaute die beiden Girls an. Die lästerten munter weiter. »Ohh, und jetzt? Was willst du jetzt machen? Uns mit deiner Krücke auf den Kopf hauen? Aber das kannst du nicht. Denn dann fällst du um. Buum!«

Die beiden lachten. Keine Ahnung, ob die besoffen oder einfach nur gemein waren. War aber auch egal. Das hatte Anne nicht verdient. Sie blieb zwar cool, aber es war klar, dass die beiden sie verletzten. Wir würden jetzt einschreiten. Ohne Szene. Versprochen.

»Entschuldigung. Darf ich?«, sprach ein Mann so um die Ende zwanzig Anne an. Er war recht groß und hatte vielleicht etwas grobe Züge, aber ein nettes Gesicht. Er trug eine weiße Uniform, die nach Marine oder so aussah. Ein Satz von Streifen und Symbolen glänzte in Schulterhöhe seitlich auf seinem Hemd.

»Ja. Natürlich«, antwortete Anne und der Mann griff unter ihren Arm und stütze sie.

»Nun gut«, sagte der Mann dann zu Anne. »Ich denke, damit haben wir das Problem gelöst, auf dass die beiden Damen Sie eben dankenswerterweise aufmerksam gemacht haben. Sie haben jetzt die volle Handlungsfreiheit und können loslegen. Allerdings habe ich gehört, dass hier gleich ein Cheerleadersquad auftreten wird; und da Sie ganz offensichtlich zu diesem Squad gehören, würde ich mich freuen, wenn Sie mir zeigen könnten, wo genau diese Aufführung stattfindet.«

»Sehr gerne«, sagte Anne. Girls, blickte sie happy!

Vor dem Losgehen drehte sich der Mann noch einmal um und sprach mit seinen beiden etwas jüngeren Begleitern. Die zwei trugen ebenfalls eine Marineuniform. Aber mit weniger Rangabzeichen, soweit ich das beurteilen konnte.

»Ich muss mich entschuldigen, meine Herren. Ich weiß, dass ich Ihnen versprochen habe, Ihnen heute meine Geburtsstadt zu zeigen, aber das, was Miss…?«

»Anne.«

»…aber das was Miss Anne nun aufführen wird, interessiert mich doch sehr.«

»Alles klar, Kapitän Wertheim«, antworteten die beiden im Chor mit gespieltem bierernsten Respekt.

Die beiden Jungs sahen übrigens echt klasse aus. Sahneschnitten in Uniform. Das dachten sich jetzt anscheinend auch die beiden Tussis, die Anne angemacht hatten, denn auf einmal murmelten die etwas von 'war doch nur Spaß' und 'sind doch beste Freundinnen'. Aber darauf fielen die Helden der Marine nicht herein und schauten die beiden dummen Gänse beim Vorbeigehen nicht einmal mehr mit ihren Hinterteilen an.

»Ich bin übrigens Frederick«, sagte Kapitän Wertheim zu Anne, während er sich von ihr zu unserer Aufführung führen ließ.

●●●●

Es war so weit. Wir stiegen auf die Bühne. Unser erster offizieller Auftritt stand bevor. Die Reggies waren bereit, ihr Bestes zu geben.

Ich schaute mich um. So ungefähr 400 Zuschauer hatten sich auf dem Campus vor unserer Bühne versammelt. Tendenz steigend. Links vorne auf einer Bank saß Anne und unterhielt sich angeregt mit Frederick. Seine beiden Begleiter standen weiter entfernt in einer Ecke und genossen die teils schüchternen, teils verspielt-einladenden Blicke, die ihnen die eine oder andere Studentin zuwarf. Ich gönnte es ihnen von ganzem Herzen.

Ganz vorne, direkt vor uns, saßen Darian und Christian.

Enthusiastisch gab uns Christian den Daumen nach oben und Darian schaute wie Darian, nur viel besser gelaunt und süßer. Er war mein Typ!

Und ich stand da und spürte, wie Darians Blick an meinem Körper entlangfuhr. Überall. Ich genoss es. Jeden Augenblick.

Der Boden vibrierte. Jetzt ging es los. Ich beschloss, Darian gleich eine Show zu bieten, die er so schnell nicht vergessen würde. Und als die ersten Takte der Musik durch den Campus hallten, schnappte ich mir meine Pom-Poms und brachte sie in Position.

Das ist noch nicht das Ende

Geschafft! Ich hoffe, dass ihr beim Lesen von *Allgemein anerkannte Wahrheiten über Pom-Poms* genauso viel Spaß hattet, wie ich beim Schreiben von dem Roman.

Aber auch wenn Isabells Geschichte erst einmal abgeschlossen ist, wird es im Cheerverse weitergehen. Shakespeares Schädel muss noch gefunden werden, ich möchte meine Blutwellen-Trilogie beenden und in *Into the Scream* auch einmal einen männlichen Helden auf eine (alb)traumhafte Reise schicken.

Wenn ihr mehr über meine anderen Romane oder über mich erfahren möchtet, dann besucht doch einfach meine Webseite www.cheerverse.de oder schickt mir eine E-Mail an mycheermail@gmail.com

Ich freue mich immer über Rückmeldungen und werde garantiert jede Mail beantworten.

Viele Grüße

Edgar Achenbach

Weitere Bücher von Edgar Achenbach

<u>Bereits erhältlich</u>

Cheerleader Valley
erschienen bei: BoD – Books on Demand, Norderstedt
ISBN 978-3-8482-2259-9
www.cheerverse.de

Blutwellen: Tödliche Verbindung
erschienen bei: BoD – Books on Demand, Norderstedt
ISBN 978-3-7322-8951-6
www.cheerverse.de

Tod im Kontinuum
erschienen bei: BoD – Books on Demand, Norderstedt
ISBN 978-3-7386-5292-5
www.cheerverse.de

Blutwellen: Verlorene Freundschaft
erschienen bei: BoD – Books on Demand, Norderstedt
ISBN 978-3-7448-9992-5
www.cheerverse.de

<u>In Arbeit</u>

Into the Scream
erscheint ca. Winter 2020
ISBN xxx-x-xxxx-xxxx-x
www.cheerverse.de

Über Edgar Achenbach

Nachdem sich Edgar Achenbach nach einem Ingenieurstudium zwei Jahrzehnte lang mit der Planung und dem Einkauf von Satellitendiensten beschäftigt hatte, schloss er ein berufsbegleitendes Studium in Literaturwissenschaften, Filmgeschichte und Kreativem Schreiben ab. Seitdem ist er zusätzlich im Bereich des (Creative) Storytellings unterwegs, schreibt Urban-Fantasy-Romane und hat in der Zeit sehr viel über Cheerleading, Zeitschleifen und Vampire gelernt.

Um sich auf seinen Roman *Allgemein anerkannte Wahrheiten über Pom-Poms* vorzubereiten, erwarb er zwei Zertifikate als Cheerleadingcoach: »COACHING YOUTH CHEERLEADING« und »COACHING CHEERLEADING PRINCIPLES« - was ein echtes Abenteuer war!